Tonino BENACQUISTA •
Philippe BESSON • Françoise BOURDIN •
Maxime CHATTAM • Jean-Paul DUBOIS •
François D'EPENOUX • Éric GIACOMETTI •
Alexandra LAPIERRE •
Agnès MARTIN-LUGAND •
Véronique OVALDÉ • Romain PUÉRTOLAS •
Jacques RAVENNE • Olivia RUIZ •
Leïla SLIMANI • Franck THILLIEZ

13 À TABLE !
2021

NOUVELLES

POCKET

Pocket, une marque d'Univers Poche,
est un éditeur qui s'engage pour la préservation
de l'environnement et qui utilise du papier fabriqué
à partir de bois provenant de forêts gérées
de manière responsable.

Le Code de la propriété intellectuelle n'autorisant, aux termes de l'article L. 122-5, 2° et 3° a, d'une part, que les « copies ou reproductions strictement réservées à l'usage privé du copiste et non destinées à une utilisation collective » et, d'autre part, que les analyses et les courtes citations dans un but d'exemple et d'illustration, « toute représentation ou reproduction intégrale ou partielle faite sans le consentement de l'auteur ou de ses ayants droit ou ayants cause est illicite » (art. L. 122-4).
Cette représentation ou reproduction, par quelque procédé que ce soit, constituerait donc une contrefaçon, sanctionnée par les articles L. 335-2 et suivants du Code de la propriété intellectuelle.

© 2020, Pocket, un département d'Univers Poche
ISBN : 978-2-266-30754-3
Dépôt légal : novembre 2020

Chères lectrices, Chers lecteurs,

7 ans, en amour c'est, dit-on, une étape. Ce premier amour que nous vivons avec le monde du livre passe cette année ce cap symbolique. Nous nous retrouvons pour cette 7ᵉ édition de « 13 à table ! », avec toujours autant d'envie et d'engagement de toute la chaîne du livre, des métiers artistiques aux métiers techniques. Depuis le début de cette aventure, près de 5 millions de repas supplémentaires ont pu être distribués aux personnes accueillies par les Restos du Cœur, grâce à eux, grâce à vous !

Un premier amour est le thème de cette édition, partons cette année alors sur les routes de nos sentiments et de nos sensations.

Les Restos du Cœur

Sommaire

Tonino BENACQUISTA *Hier, à la même heure*	9
Philippe BESSON *Un film de Douglas Sirk*	19
Francoise BOURDIN *N'a-qu'un-œil*	37
Maxime CHATTAM *Big Crush ou le Sens de la vie*	51
Jean-Paul DUBOIS *Une belle vie avec Charlie*	67
François D'EPENOUX *1973, 7ᵉ B*	87
Alexandra LAPIERRE *Le Correspondant autrichien*	107
Agnès MARTIN-LUGAND *Des lettres oubliées*	129
Véronique OVALDÉ *Mon premier amour*	151
Romain PUÉRTOLAS *L'Amour volé*	157
Éric GIACOMETTI & Jacques RAVENNE *Le premier sera le dernier*	171
Olivia RUIZ *Une si jolie nuit*	187
Leïla SLIMANI *Heureux au jeu...*	203
Franck THILLIEZ *Un train d'avance*	217

Tonino BENACQUISTA

Hier, à la même heure

Tonino Benacquista construit depuis plus de trente ans une œuvre dont le succès ne cesse de croître. Couronné de nombreux prix littéraires, dont le Grand Prix des Lectrices *ELLE* pour *Saga* et le Grand Prix RTL-*LiRE* pour *Quelqu'un d'autre*, il se distingue aussi en tant que coscénariste avec Jacques Audiard. Ils ont fait ensemble des films distingués par l'académie des César.

Claire, dans la cuisine, sa tasse de thé en main, a coupé le son de la radio pour m'annoncer la mort d'une actrice célèbre.

— Ils disent qu'elle s'est défenestrée cette nuit. Un studio sous les combles, Cité Caron, à Paris.

Devinant mon trouble, elle a ajouté :

— Tu n'étais pas un peu amoureux d'elle, quand tu étais ado ?

Je n'ai pas réagi à sa question. Qui a envie d'évoquer ses émois d'antan entre une biscotte de confiture et un téléphone qui vibre aux premiers messages du jour ? *A fortiori* après l'annonce de cette disparition, qui m'a plongé dans une stupéfaction qu'elle eût sans doute trouvée disproportionnée. Après avoir déposé la petite à l'école, j'ai rejoint Paris, longé les Grands Boulevards, avant de m'engouffrer dans le parking de ma société. En coupant le contact, j'ai été pris d'une peur rétroactive d'avoir conduit par automatisme, l'esprit engourdi par cette nouvelle qui avait suscité en moi non de la tristesse, mais une sorte de culpabilité irrationnelle.

Juché sur une échelle pour remplacer une ampoule grillée, le gardien de l'immeuble gardait un œil sur son fils de dix ans qui, m'a-t-il dit un jour, ne suivait pas une scolarité normale du fait de son syndrome d'Asperger. Caché entre deux voitures, le gosse était absorbé dans la lecture d'une bande dessinée et dans un univers bien moins hostile que le nôtre.

— Je ne sais pas pourquoi il se passionne pour les superhéros, les Batman, les Spider-Man, tout ça...

D'habitude, j'ignore cet enfant qui me met mal à l'aise parce qu'il évite le contact visuel et parce qu'il geint dès que vrombit un moteur. Mais ce matin, l'occasion nous était donnée d'abandonner notre méfiance mutuelle. Et je sais désormais qu'une occasion perdue l'est à jamais. Je comprends bien, moi, pourquoi la compagnie des superhéros le rassure. Car sans eux l'espèce humaine, qui au lieu d'apprendre de ses erreurs ajoute chaque jour au chaos généralisé, ne s'en sortira pas. Comme l'enfant me refusait toujours ce sourire et ce regard, j'ai eu recours à un stratagème irrésistible.

— J'ai chez moi plein de vieux *Marvel* et de *Strange*, ai-je dit au père. Vous ne savez pas ce que c'est, mais votre fils si. Je peux les déposer ici demain, si vous en êtes d'accord.

Le gosse a levé sur moi des yeux fous d'espoir. J'ai soudain fait partie de son monde. Ces albums dont j'avais parlé comme de vieilleries encombrantes sont en fait des originaux fort prisés des libraires spécialisés, dont un, opiniâtre, qui m'en a proposé assez pour que je puisse offrir à Claire une semaine sous les cocotiers. Hier encore, je me rêvais volontiers en bermuda au bord d'une plage de sable blanc, mais aujourd'hui, je veux que mon trésor de papier revienne à celui qui le désire et le mérite le plus, et non à un collectionneur qui le mettra sous clef.

En sortant de l'ascenseur, j'ai aperçu Guy Loisel qui guettait mon arrivée pour me reparler de sa mutation à Montpellier – laquelle, bien au-dessus de ses qualifications, m'obligerait à restructurer le service et doublerait mes corvées de paperasserie. Sans lui laisser le temps de m'aborder, je me suis réfugié derrière mon ordinateur, non pour ouvrir un dossier en cours mais pour me connecter à un site d'informations en continu, et visiblement trop tard : le suicide de ma comédienne avait déjà quitté la une. Dans la presse people, il est question de ses liaisons malheureuses, de son addiction à la bouteille, de ses dépressions chroniques, rien qui explique vraiment sa disparition de la scène publique dès ses quarante ans. « Tu n'étais pas un peu amoureux d'elle, quand tu étais ado ? » J'étais surtout amoureux d'une Charlotte, en 2de A, une littéraire, autant dire que, pour la séduire, il m'avait fallu jouer à l'intello romantique un rien ténébreux. Un soir où ma bande de copains découvrait *Les Aventuriers de l'Arche perdue*, j'avais entraîné la belle à la cinémathèque pour y voir un film d'art et d'essai inspiré d'un roman russe, que j'avais judicieusement choisi pour son titre, *Premier Amour*. J'avais retardé le plus longtemps possible le moment, trop attendu, trop redouté, de lui prendre la main, au lieu de quoi j'ai feint un intérêt hypnotique pour ce film où se croisaient des personnages gris et désincarnés, préoccupés de concepts fumeux. Quand tout à coup a surgi une créature incandescente qui apportait la chair, la fièvre, la volupté, et qui embrasait ce théâtre d'ombres, donnant au film, enfin, sa lumière. Si bien que, aujourd'hui, je ne sais plus qui de Charlotte ou de cette apparition de cinéma fut mon premier amour.

Peu d'humeur aux bavardages de cantine, je me suis aventuré en ville, un sandwich à la main, l'œil sur les vitrines de ce quartier où je passe l'essentiel de mes journées sans le connaître vraiment. Je me suis assis dans un parc découvert par hasard, réservé à une poignée d'habitués, seuls et silencieux, en proie à leur rêverie. Un long moment, je suis resté reclus dans mes souvenirs d'*elle*. Le temps qu'aura duré sa carrière, soit une vingtaine d'années, je n'ai raté aucun des rendez-vous qu'elle m'a fixés, sur scène comme à l'écran. Même à mon mariage avec Claire elle était présente. Cette année-là, elle avait servi de modèle pour le nouveau buste de Marianne. Trônant au-dessus du maire, ce fut elle, et non lui, qui nous déclara mari et femme. Au faîte de sa gloire, elle s'est effacée sans prévenir. Quelle douleur est-elle assez tenace pour qu'on en meure deux fois, la première en disparaissant de la mémoire collective, la seconde en se jetant du haut d'un immeuble ? Nul ne le saura jamais, pas même ses proches, si toutefois elle en avait.

De retour au bureau, il m'est apparu comme une évidence que Guy Loisel n'avait plus rien à faire dans mon service.

— Êtes-vous sûr d'être prêt pour ce poste à Montpellier ?

— ... ?

— Ne me faites pas regretter de vous avoir fait confiance.

Loisel, abasourdi de reconnaissance. Je venais de me créer un allié pour longtemps.

— J'ai fait ma première demande il y a deux ans. Pourquoi maintenant… ?

J'ai parlé synergie, opportunité, conjoncture : la même langue de bois qui hier encore me servait à l'envoyer bouler. « Car tu ne comprendrais pas, Loisel, si je t'expliquais pourquoi aujourd'hui j'ai besoin de jouer au Père Noël. Déguerpis avant que je change d'avis, retourne voir tes enfants grandir, ne perds pas un jour de plus loin de ta femme, à qui tu manques tant, parce qu'une hiérarchie a décidé que ta place était à sept cents kilomètres d'eux. » Cette même hiérarchie va me demander de justifier ma décision, mais je sais déjà comment la convaincre. Dans un an, tout le monde aura oublié le passage de Guy Loisel ici.

Il est 19 heures et, comme hier, je quitte mon étage le dernier. Je reprends les Grands Boulevards en sens inverse et m'arrête au feu devant la brasserie, où un écailler dispose ses plateaux, comme hier à la même heure. Comme hier à la même heure, le banc en métal devant le réparateur de vélos est vide. Comme hier à la même heure, les réverbères s'allument.

Tout ressemble à hier à la même heure.

À une exception près.

Car, hier à la même heure, à ce même feu, une silhouette titubante traversait le boulevard à contre-temps sous les klaxons furieux. Puis elle s'est immobilisée au milieu du gué, incapable de rejoindre l'autre rive, cernée par un flot de véhicules qui s'efforçaient de la contourner. Comme les autres, je me suis agacé de voir une ivrogne gêner la circulation. À peine plus vieille que moi mais déjà si usée, vêtue d'une marinière trouée, d'un jean immonde, avec en guise de manteau une longue veste en laine d'un blanc sale dont la ceinture pendait derrière elle.

C'est là que je l'ai reconnue.

Au lieu de l'aider à traverser, je n'ai pas quitté mon siège. Ce geste que j'aurais pu accomplir pour une mendiante entre deux vins, je me le suis interdit en la voyant, *elle*, qui chaque jour, en plus de sa détresse, affrontait les regards publics comme d'incessants rappels de sa décrépitude. « Mon Dieu, regarde ce qu'elle est devenue ! » Et parmi ceux-là, il y en avait de plus cruels encore, qui se vengent de leur anonymat en goûtant aux petits drames de la notoriété, ou qui, apercevant une étoile filante, se hâtent de préciser que leur lumière est éteinte depuis longtemps. Soucieux de sa dignité, ou du peu qui lui restait, j'ai craint qu'elle ne lise dans mes yeux cette pitié-là. Et qui sait, sans doute voulais-je garder d'elle l'image de sa splendeur, non celle de sa décadence.

À force de tanguer, elle a enfin rejoint le trottoir d'en face, et bientôt sa silhouette n'a plus été qu'un vacillement dans mon rétroviseur.

« Ils disent qu'elle s'est défenestrée cette nuit. Un studio sous les combles, Cité Caron, à Paris. » Tout le jour durant, je me suis repassé en boucle les images d'un film d'épouvante, celui qu'elle a peut-être vécu pour de bon, hier, en rentrant dans son studio après avoir créé un bouchon sur le boulevard. Jusque tard, elle essaie en vain d'avoir une voix au téléphone. S'ensuit le verre de trop, le souvenir de trop, la nuit de trop. À l'aube, elle ouvre sa fenêtre, et *basta*, adieu, j'ai eu mon compte, faites sans moi.

Comment ne pas être tenté de revenir en arrière pour réécrire la bonne version du film, tel qu'il aurait dû se terminer : les klaxons, sa silhouette que je reconnais au milieu de la route, ma main crispée sur la poignée de la portière ? Au lieu de fuir, taraudé par des scrupules idiots, je descends bel et bien de ma voiture et vais au-devant d'elle, que j'attrape délicatement par le bras, j'oublie qui elle est, car à cette seconde-là elle n'est ni mon premier amour, ni un personnage du répertoire classique, ni une star déchue, c'est un être en souffrance, désorienté, accablé de solitude, qui se serait agrippé à mon bras sans s'en indigner, et là nous aurions fait halte sur le banc devant le réparateur de bicyclettes, nous aurions bavardé, j'aurais choisi la légèreté, je n'aurais pas fait allusion à sa carrière, à mes enchantements d'admirateur, je n'aurais parlé ni de Molière ni de Bolognini, mais je lui aurais demandé où l'on trouve de bons sandwichs dans le quartier, je lui aurais parlé comme à une complice trop tardivement rencontrée, je me serais confié à elle, je lui aurais dit que mon rêve aurait été de vivre à Paris mais que la vie ne l'a pas rendu possible, nous aurions partagé un plateau d'huîtres à la brasserie, et là, à la faveur d'une accalmie, encouragé par son sourire devant la tournure inattendue de la soirée, je lui aurais parlé de la robe jaune qu'elle portait dans *Lumière d'été*, je lui aurais rappelé cette réplique qu'elle décoche dans le cœur de son mari dans une pièce de Pinter, j'aurais évoqué cette scène où Charles Denner lui apprend à jouer au poker, et là, elle m'aurait raconté mille anecdotes jusque tard dans la nuit, et je l'aurais raccompagnée chez elle, Cité Caron, et aujourd'hui, à la même heure, elle vivrait encore.

— Ils ont un peu bousculé les programmes télé, dit Claire en se glissant dans le lit. Je ne savais pas qu'elle avait joué Cordelia dans *Le Roi Lear*. Sinon, y a un truc sur Arte qui s'appelle *Premier Amour*.

— C'est toi qui choisis, lui dis-je en l'attirant au creux de mon épaule.

Je n'ai plus pensé à hier mais à demain. Peut-être que demain, à la même heure, je serai redevenu ce type qui fuit le regard absent d'un gosse autiste. Peut-être que demain, je me ficherai bien du bonheur familial de mes collègues. Peut-être redeviendrai-je celui que j'étais hier.

Ou peut-être pas.

Pour l'heure, je n'ai qu'une certitude. En tenant Claire blottie contre moi, je sais quel sera mon dernier amour.

Philippe BESSON

Un film de Douglas Sirk

Depuis ses premiers pas en littérature, en 2001, Philippe Besson est devenu un romancier de premier plan traduit dans une dizaine de pays, dont les États-Unis, l'Allemagne et l'Italie. Il a publié près d'une vingtaine de romans, dont, entre autres, *Son frère*, adapté au cinéma par Patrice Chéreau, *« Arrête avec tes mensonges »*, Prix Maison de la Presse, et dernièrement *Dîner à Montréal*. Tous ses romans ont paru aux Éditions Julliard.

Elle.
Oui, commençons par elle.
Parce que c'est elle qui a pris le plus de risques dans cette histoire.
Elle qui avait le plus à perdre.
Elle qui a hésité le plus longtemps aussi.
Et pour cause.
Claire Jourdan.
Issue de la bonne bourgeoisie bordelaise, celle des vignobles, des châteaux. Le père dirige le domaine, avec l'élégance dédaigneuse des possédants, l'insupportable bonhomie des héritiers. La mère élève la progéniture, deux fils et une fille. Claire est la petite dernière, survenue comme un caprice ou comme une erreur. Qu'importe : on n'attend rien d'elle, le pouvoir sera transmis aux garçons. Les filles, on les marie à l'église le moment venu.

Enfant, elle va souvent se promener seule, au milieu des pieds de vigne. Elle foule la terre, s'accroupit pour contempler les racines parce qu'on lui a raconté un jour qu'elles peuvent plonger jusqu'à cinq mètres de profondeur. Elle caresse la nervure des feuilles. Elle aime cueillir des grappes quand le raisin n'est pas encore mur, elle aime l'amertume des grains craquant sous la dent. Elle revient parfois le visage griffé par les sarments.

Elle est cette fillette, au visage griffé.

À propos de l'enfance, elle dit : « Je me souviens du vert et bleu. » Le vert des vignes, le bleu des ciels de Gironde. Elle ne parle pas du rouge. Pourtant, c'est la couleur du vin. Mais le vin ne l'intéressait pas. Ou elle en avait peur. Elle prétendait que ça ressemblait au sang d'un animal. Ça faisait rire les adultes. Elle, ça ne la faisait pas rire. Non, décidément, elle préfère se souvenir du vert et du bleu.

Et puis l'enfance s'arrête le jour où la famille quitte le domaine pour s'installer dans un grand appartement à Bordeaux. La mère en a eu assez des vignes à perte de vue, de la blondeur des pierres. Elle cherche le mouvement, la mondanité. Ce seront les allées de Tourny, dans le triangle d'or. Ils habitent côté pair, bien sûr. Un immeuble à la façade Louis XV. La chambre de Claire donne sur la cime des tilleuls, le toit du carrousel. Dans le lointain, les colonnes du Grand Théâtre. Elle dit : « J'ai eu une adolescence très privilégiée et très ennuyeuse. »

Pour échapper à l'ennui, elle fait des études. Pas de commerce, comme ses aînés, non. D'anglais. Une lubie. Elle a vu les films de Hitchcock, de David Lean, de Joseph Mankiewicz au cinéma. On la laisse faire, quelle importance. Si ça l'occupe… Elle persévère. Obtient sa maîtrise. La première femme dans la famille à être allée aussi loin. On la regarde comme une bête curieuse. Mais il ne faudrait pas qu'elle aille croire qu'elle pourrait avoir droit à l'émancipation. À vingt-deux ans, elle épouse un notaire, de sept ans son aîné. Une grosse étude, une belle situation, des gens si fréquentables, du reste on les fréquente allées de Tourny.

Quand on l'interrogera sur ce mariage, qui semblait de raison plus que d'amour, elle dira : « C'était la seule occasion de partir, de m'affranchir. » Pourtant, elle n'ira pas très loin : place des Quinconces. Cinq cent mètres seulement la séparent du domicile familial. Elle l'assure aujourd'hui : « Ces cinq cents mètres ont fait toute la différence. »

Deux enfants naissent, très vite. Un garçon, une fille. Le choix du roi. Claire fait tout comme il faut.

Une incongruité, tout de même : elle entend travailler. Son mari s'en étonne : à quoi bon travailler quand on vit dans l'aisance ? Mais il n'insiste pas. Elle passe un concours, l'obtient, devient professeur dans un lycée de la ville. Un salaire de misère mais un statut respectable, l'honneur est sauf.

Quelques années plus tard, elle décide de reprendre le ciné-club moribond de l'établissement. En souvenir de ses emportements adolescents. Elle programme essentiellement des films américains. Elle raconte : « Je leur ai fait connaître Douglas Sirk. *Demain est un autre jour*, *Tout ce que le ciel permet*, on a oublié, mais ce sont de très grands films. »

Elle omet de signaler que, dans le premier, un homme espère échapper à une vie bien trop réglée grâce à une femme espiègle, enjouée, mais ses enfants, des tyrans égoïstes, font échouer son espérance et le renvoient à sa routine. Et, dans le second, une veuve qui mène une existence terne mais aisée est attirée par le fils de son jardinier, bien plus jeune qu'elle et d'un milieu bien différent du sien. Les films qu'on aime disent toujours quelque chose de nous.

Le temps passe et à peu près rien ne se passe. Les enfants grandissent. L'office notarial est florissant. Sur la place des Quinconces, les arbres retrouvent leurs feuilles au printemps et les perdent à l'automne. C'est un spectacle immuable. Et déprimant.

Parlons de lui, désormais.
Puisqu'il faut être deux pour faire une histoire.
Étienne Lanzac.
Un prénom qui fleure bon la France d'antan. Qu'on ne donnait presque plus aux nouveau-nés quand il voit le jour. Mais le grand-père s'appelait ainsi. Va pour Étienne.
Naissance à Angoulême.
Une cité endormie, construite autour d'une cathédrale. Deux reliefs, l'un représentant saint Martin partageant son manteau avec un mendiant, l'autre saint Georges terrassant le dragon et sauvant la fille du roi. Étienne dira : « Je les ai souvent regardés, ces reliefs. » Sans qu'on sache véritablement ce qu'il convenait d'en déduire.
La ville est juchée sur un plateau qui domine la vallée de la Charente. Elle est ceinte de remparts. L'enfant marche plus souvent qu'à son tour le long de ces remparts. Il grimpe sur les murets, tient l'équilibre, les bras en croix. Un jour sa mère le surprend et, terrorisée, lui fait jurer de ne plus jamais recommencer, il jure et ne lui obéit pas, il recommence dès le lendemain. Il précisera : « C'était plus fort que moi. »
Les parents, justement. Ils sont pharmaciens, possèdent une officine non loin du Champ-de-Mars. Étienne a un frère aîné, qui, lui aussi, deviendra pharmacien. Il se jure d'échapper à la malédiction.

Imiter n'est pas son genre. Être pharmacien n'est pas un destin.

Dès lors, il serait tentant de l'imaginer en Rastignac, natif d'Angoulême, comme lui. Vous savez, le héros de Balzac, jeune ambitieux qui monte à Paris, devient banquier, louvoie dans la bonne société, amasse des richesses, conquiert le pouvoir. Mais Étienne n'est pas cynique. Il préfère Dumas à Balzac. Il se verrait plutôt en corsaire partant à l'abordage. Du reste, son modèle n'est-il pas ce fameux grand-père dont il porte le prénom et qu'il va rejoindre dès qu'il le peut, à Biarritz, dans sa maison face à la mer, face aux grands vents ? Un grand-père qui lui raconte son passé de marin, d'aventurier comme on n'en fait plus. Sans doute le vieillard en rajoute-t-il un peu pour complaire à l'enfant, sans doute invente-t-il des expéditions, des péripéties pour que ses yeux brillent, mais enfin, il est certain qu'il n'a pas eu une existence ordinaire, et c'est tout ce qui réjouit ce gamin qui aspire « à autre chose » sans savoir à quoi.

En attendant, il se contente d'aller faire du surf, comme le font les autres garçons. Les rouleaux ne lui font pas peur : mieux, ils l'attirent. Et puis, sur une planche comme sur les remparts, il aime tenir l'équilibre, et surplomber les éléments. Parfois, il est englouti par les eaux en furie, peine à revenir à la surface, manque de se noyer mais s'en sort toujours. Depuis la plage, son grand-père l'applaudit. Les applaudissements l'encouragent.

Pour lui aussi, l'enfance s'arrête avec un déménagement. Alors qu'il a douze ans, ses parents se séparent. Sa mère s'en va vivre à Bordeaux. Il la suit. Il ne regrette pas Angoulême.

Au sujet du divorce, il ne s'exprime pas. On ignore s'il s'agit d'une blessure intime, de celles qu'on porte à jamais et qui font souffrir en silence, ou s'il considère, au contraire, que c'était la meilleure façon de mettre fin à un désordre, des disputes incessantes, un éloignement irrémédiable. D'une manière générale, il ne parle pas des choses de l'intimité.

Au collège puis au lycée, il est un élève brillant. Il collectionne les meilleures notes, les premières places. Devient aussitôt une tête à claques, un souffre-douleur. Il n'en a cure. Il endure les humiliations sans s'épancher jamais. Il voudrait plaire, pourtant. Il voit les garçons qui plaisent, il aimerait leur ressembler mais ça n'arrive pas. Ses bons résultats le rendent invisible ou détestable.

Un jour, on lui parle du ciné-club. Il aime le cinéma, y va souvent mais ne voit que les films qui sortent. Il se dit que ça doit être bien aussi, les vieux films en noir et blanc, les classiques, les pépites oubliées, les westerns ou les comédies musicales en Technicolor. Il s'inscrit.

Voilà, la rencontre peut avoir lieu.

De son côté, Claire remarque à peine Étienne. Elle est heureuse, bien sûr, d'accueillir un élève supplémentaire, mais il n'est qu'un parmi les autres. Et des élèves, elle en côtoie beaucoup. Depuis le temps. Elle s'intéresse à eux, ça ne fait pas de doute. Ils sont même souvent sa plus grande motivation dans l'existence. Et on prétend qu'elle sait leur parler, et même les captiver. Pour autant, elle conserve ses distances.

Pour lui, c'est différent. D'emblée. Il ressent une sorte de trouble, qu'il ne sait pas définir précisément. Il n'a encore jamais aimé : comment saurait-il ? Comment reconnaîtrait-il un sentiment qu'il n'a jamais éprouvé ? Et puis, on l'a mentionné : les sentiments, ça n'est pas tellement son registre. Il fait appel à son intelligence pour tenter de comprendre mais son intelligence ne lui est d'aucun secours. Et c'est précisément lorsqu'il comprend cela, l'inutilité de son intellect, qu'il finit par admettre qu'il ne peut s'agir que d'un élan amoureux.

D'autres que lui en seraient catastrophés.

Il est lycéen, elle est professeur.

Il a seize ans, elle en a trente-sept.

Il est sans expérience, elle est épouse et mère.

Elle le repoussera inévitablement.

Ces seules considérations devraient l'arrêter. Et c'est exactement l'inverse qui se produit.

Puisque tout rapprochement semble impossible, il faut le tenter. « Toujours partir à l'aventure », lui serine son grand-père.

Il la drague, énonçons les choses clairement.

Pas devant les autres, il n'est pas fou. Mais chaque fois qu'il se retrouve seul avec elle, en général après la séance, après la discussion, quand elle range le matériel, quand elle referme la salle, quand elle regagne le parking.

Il la drague avec délicatesse, avec courtoisie, avec style, avec éloquence, mais il la drague.

Au début, elle s'en amuse. Il ne peut pas être sérieux, elle met un tel entregent sur le compte de sa malice ou de l'audace propre à la jeunesse.

Elle n'y accorde pas d'importance. Elle s'en retourne retrouver les arbres nus de la place des Quinconces.

Puis, elle finit par s'en inquiéter. Tout de même, ce garçon est très insistant. Certes, il est brillant, virevoltant, courageux. Certes, il s'intéresse au cinéma, décrypte mieux que personne les histoires, les plans, le jeu des acteurs. Certes, elle n'est pas son professeur, juste la personne qui s'occupe du ciné-club. Mais enfin, il ne saurait être question d'un rapprochement. Elle veut bien de son affection – elle n'est pas bégueule – mais rien de plus.

Il ne renonce pas.

Sur la place des Quinconces, les arbres refleurissent.

Alors elle se raccroche à tous les interdits, ceux que posent la loi, la bonne éducation, le respect des serments du mariage, le sens du ridicule, ou la raison.

Au moment où elle comprend qu'elle a besoin de faire appel à ces proscriptions, elle comprend qu'il est trop tard, que c'est fichu, qu'elle est allée trop loin, qu'elle ne va pas savoir résister au garnement.

Elle cède.

Ce faisant, elle commet la plus grande des transgressions.

Une transgression inconcevable, au sens premier du terme : elle n'aurait pas pu la concevoir. Elle se situe au-delà de son imagination, de son entendement.

Une dangereuse infraction aux règles.

Une désobéissance, pour celle qui a toujours fait ce qu'on attendait d'elle.

Un manquement à ses engagements.

Une faute, pour celle qui a été élevée dans la peur de Dieu.

Plus tard, elle dira : « C'était plus fort que moi. » Les mêmes mots que ceux employés par Étienne tandis qu'il marchait sur la pierre glissante des remparts d'Angoulême.

Elle est saisie par la panique.

Lui, il exulte. Il a conquis sa promise.

Car il ne fait pas de doute dans son esprit que cette femme sera, un jour, sa femme.

Il sait cependant tout ce que ce basculement représente pour elle, toute la terreur intime qu'elle charrie, mais il est tout à son bonheur.

Un bonheur inédit.

Alors débute une liaison clandestine.

Car ils comprennent d'emblée, sans avoir même besoin de le formuler, qu'ils ne peuvent s'aimer qu'à l'abri des regards et dans le silence absolu.

Il leur faut élaborer des stratagèmes, trouver des subterfuges, dégoter des planques, fabriquer des mensonges, fournir des alibis. Ils volent des heures, filent en bagnole vers l'océan, reviennent rapidement afin que personne ne remarque leur absence. Se donnent des rendez-vous dans des cafés, à l'écart du centre, où nul ne les connaît. Se rejoignent dans des hôtels, où ils prennent soin d'arriver et de repartir séparément. Elle ne va jamais chez lui, il ne se rend jamais chez elle, comme si ce sacrilège-là n'était pas acceptable, comme si, dans la transgression, quelque chose pouvait encore résister.

Il leur faut faire attention en permanence à leurs gestes, à leurs regards, ne jamais se laisser aller, ne jamais baisser la garde. Quand ils se tiennent dans la même pièce, nul ne doit les soupçonner. Ils inventent un langage codé. Misent également sur l'indifférence des autres, ou plutôt sur leur incrédulité : qui se figurerait une chose pareille ?

Ils ne peuvent faire confiance à personne, tout doit demeurer secret, les autres, y compris les proches, sont tous des adversaires en puissance. Et pourtant, ce serait si bien de pouvoir partager avec quelques-uns. C'est si frustrant de garder l'allégresse pour soi.

Une telle ascèse est épuisante, bien sûr. Et les consume.

Mais il y entre curieusement de la jubilation aussi. Parce que ça n'appartient qu'à eux, parce que ça ne regarde qu'eux, parce que ça fabrique une intimité hors du commun, parce que ça procure le frisson du danger.

Et parce que c'est de l'amour, voilà.

Pour lui, c'est réellement la première fois. Après tout, il sort à peine de la tumultueuse période de l'adolescence. Certes, il a eu des inclinations, des élans, des désirs, toujours pour des filles de son âge. Mais tout s'est fracassé. L'explication est fort simple : il fallait que ça compte pour qu'il se lance. Il est ainsi, bêtement romantique. Cela encore, il le tient de son grand-père. « L'intensité ou rien », tel est le viatique de l'ancien marin.

Et qu'on ne s'y trompe pas : pour elle aussi, d'une certaine manière, c'est la première fois. La première fois qu'elle aime *vraiment*, qu'elle est emportée, qu'elle ressent cette extrême vivacité. Elle a connu la tendresse, une compagnie rassurante, une présence familière, peut-être même des instants charmants. Là, c'est tout à fait autre chose. Un tourbillon. Un vertige. Elle n'a jamais connu la fougue, jamais la ferveur.

Et, pour eux deux, au fond, il s'agit d'une émancipation, d'un affranchissement. Enfin quitter les oripeaux de l'enfance pour lui, et sa famille pesante et prévisible, et ses habits de bon garçon, et ses routes toutes tracées, enfin choisir par lui-même, décider de son sort, enfin grandir. Et, pour elle, rompre avec son éducation, ses obligations morales, rompre avec son milieu, son carcan, rompre avec son ennui, faire craquer le vernis, vivre dans un film de Douglas Sirk qui finirait bien.
Pour eux deux, il s'agit également d'une occasion formidable, inespérée, de construire leur propre identité, d'exister à part entière, de conquérir leur liberté. Il est en avance, elle est très en retard.

Il faut reconnaître que, paradoxalement, il est le plus vieux des deux. Il a la détermination, la résolution, l'aisance, la ténacité, le sang-froid que procure l'âge souvent. De son côté, elle est flottante, bousculée, affolée, comme on l'est dans l'adolescence par exemple. C'est lui qui l'entraîne, elle qui suit. Lui qui surprend, elle qui s'étonne.

Cependant, la raison, qu'on pourrait nommer aussi discernement ou bon sens, la raison reste de son côté à elle.
Elle demeure persuadée que tout cela est pure folie.

Elle redoute qu'il ne l'idéalise, qu'il ne la voie plus belle, plus intéressante qu'elle ne le serait en réalité. Il faut dire qu'on ne lui a jamais dit qu'elle était belle, ni sa mère, ni son mari, personne. Elle a du mal à y croire.

Et elle songe que ça ne peut pas durer. Elle dit : « Un jour, tu cesseras de m'aimer, c'est obligé. » Il lui objecte que son discours ne relève pas de la rationalité : elle actionne juste un mécanisme d'autodéfense.

Et puis, un jour, parce que le bonheur des autres a toujours quelque chose d'insupportable, la rumeur surgit. Celle de leur liaison.

Insidieuse d'abord. Ce ne sont que des allusions, des murmures, des insinuations, des paroles désobligeantes sifflées entre les lèvres, au loin. Les gens ne sont pas sûrs, pas affirmatifs, ils ont besoin de vérifier, ils lancent des piques pour savoir comment les intéressés réagissent, ils foudroient du regard pour provoquer leur malaise.

Cette rumeur, même étouffée, les intéressés l'entendent, elle parvient à leurs oreilles, mais d'abord, ils décident de ne pas en tenir compte. Y répondre, ce serait y apporter du crédit. L'indifférence est la plus efficace des dénégations.

Seulement voilà, cette satanée rumeur prend de l'ampleur. Désormais, elle se colporte, se partage ; les gens raffolent des ragots, du sensationnel. Et surtout, elle se nourrit d'anecdotes, toutes fausses, d'exemples, tous inventés, d'épisodes, tous fantasmés. On les aurait vus s'embrassant sous un porche, se tenant la main dans une rue, s'échangeant des œillades langoureuses après une séance du ciné-club.

Elle aurait quitté le domicile conjugal, il louerait une chambre en ville. Rien n'est exact mais qu'importe. Il faut bien alimenter la machine infernale.

La rumeur les cerne, se rapproche, les assiège.

Ils ne sauront jamais d'où elle est partie. Ils ne sauront jamais ce qui a pu les trahir. Mais désormais, les voilà sommés de rendre des comptes.

Ils décident de ne plus se voir pendant quelque temps, mais rien n'y fait.

Ils devinent qu'il est déjà trop tard.

Et ils sont les mieux placés pour savoir que, même détestable, même exagérée, la rumeur contient une vérité fondamentale.

C'est Claire qui finit par céder. Elle dit : « Je dois parler à mes enfants, je le leur dois, ils ne peuvent pas continuer à vivre sous les persiflages, les quolibets. » Elle sait qu'ils ont été pris à partie à la sortie du collège, que leurs camarades leur répètent ce que se disent leurs parents.

Étienne se rend aux arguments de la mère blessée, inquiète.

Et puis, surtout, il a compris que céder, c'est-à-dire avouer, est la preuve d'amour la plus éclatante.

Car la résolution de Claire est faite : si elle se prépare à avouer, elle n'entend pas renoncer. Pas du tout.

Quand la *situation* est exposée, c'est une vanne qui s'ouvre. C'est un déferlement qui se produit.

Il y a d'abord la stupéfaction (« C'est une plaisanterie ? »), puis l'incompréhension (« Mais quand ? comment ? pourquoi ? »), puis le mépris (« Ces choses ne se font pas »), puis le dégoût (« C'est dégueulasse, il n'y a pas d'autre mot »), puis la haine (« Vous êtes des pervers, les gens comme vous méritent la prison ou l'enfer »).

Il y aura aussi, ici ou là, des mots vulgaires, des insultes obscènes, des attaques ordurières. D'une bassesse qui les rend inoubliables. Inoubliables.

Le scandale est gigantesque. Les scandales sont forcément gigantesques dans les milieux étriqués.

Le bannissement presque immédiat. Pavlovien.

Le mari de Claire est abasourdi et furieux, les enfants bouleversés, les allées de Tourny sous le choc. Cela, elle s'y attendait, et, à certains égards, elle l'admet. Elle peut juste tenter d'arrondir les angles ; sans grand espoir néanmoins. Compter sur les vertus du temps ; on assure qu'il guérit de tout.

Mais même les amis, les proches, les collègues sont consternés : ils hurlent à l'hérésie, choisissent l'excommunication. Elle perd tout le monde. Tout le monde. Sans exception. Elle dira : « C'est comme s'ils m'avaient tous tourné le dos, d'un coup. »

Étienne affronte à peu près le même rejet, viscéral. Mais à lui, on trouve une excuse, celle de son âge, quand, pour Claire, il s'agit d'une circonstance aggravante.

Les parents du « gamin » exigent une rupture immédiate avec la fautive, la pécheresse. Et l'envoient *illico* terminer ses études à Toulouse. Ils ont encore tout pouvoir sur lui, ils peuvent le déplacer comme bon leur semble, comme on le fait avec un meuble.

Plus tard, Étienne aura ces mots : « On a été mis au ban. On a été des parias. »

Il ne pardonnera jamais.

Ils pourraient vaciller, et même rendre les armes. Face à une telle violence, à un tel dépeuplement, on le comprendrait facilement.

Elle se souvient de « *La victime raisonnable / À la robe déchirée / Au regard d'enfant perdue / Découronnée défigurée / Celle qui ressemble aux morts / Qui sont morts pour être aimés* », des vers d'Éluard cités par Pompidou.

Il pourrait se dire égoïstement : « J'ai une vie à vivre, à quoi bon l'hypothéquer d'emblée ? »

Cependant, l'épreuve les conforte dans leur certitude : ils *doivent* être ensemble. Les crachats, les préjugés, la bien-pensance des bourgeois, les leçons de morale des assis, les désertions, les menaces n'y changeront rien. La perspective d'une existence entièrement chamboulée, d'un destin à inventer n'y changera rien. Ils doivent rester ensemble.

En attendant, ils s'aiment à distance. Se téléphonent chaque jour, chaque nuit, des heures durant, parfois jusqu'à l'épuisement, jusqu'au petit matin.

Lui poursuit des études brillantes, avec toujours le désir d'être le premier, pour en remontrer aux autres, pour leur prouver qu'ils ont eu tort de le mépriser.

Elle met ses affaires en ordre avec une résolution qui l'impressionne elle-même : quitte son mari, divorce, rassure ses enfants, remet en place ses parents, emménage dans un nouvel appartement loin des allées de Tourny et de la place des Quinconces, se fait de nouveaux amis.

Et continue d'animer le ciné-club. De proposer des films de Douglas Sirk. Ses nouveaux élèves ont parfois entendu parler de son histoire et la plupart s'en fichent.

Que je vous dise encore : dix ans plus tard, alors que la tempête n'est plus qu'un lointain souvenir, ils se marient. À cette occasion, Étienne précise : « En nous mariant, nous ne régularisons rien parce qu'il n'y avait rien à régulariser. Nous ne rentrons pas dans le rang. Nous tenons juste une promesse que nous nous sommes faite, et à laquelle nous étions les seuls à croire. »

Que je vous dise enfin, au cas où cette histoire vous en aurait rappelé une autre, et afin que vous soyez assurés que toute ressemblance serait purement fortuite : il n'est pas devenu président de la République, elle n'est pas devenue première dame.
Ils ont tout de même vécu très heureux.

Françoise BOURDIN

N'a-qu'un-œil

Si les romans de Françoise Bourdin sont des succès incontournables, c'est sans doute parce qu'elle a toujours eu à cœur de raconter les préoccupations de ses contemporains, sans tabou. Sa générosité, sa bienveillance et son engagement dans les problématiques de notre époque en font un auteur emblématique pour toutes les générations. Parmi ses derniers romans on peut citer *Le Choix des autres*, *Gran Paradiso* et *Quelqu'un de bien*, parus aux Éditions Belfond.

La petite fille vient d'entrer en CP. À l'époque, il s'agit de la 11ᵉ, mais c'est bien la classe où l'on apprend à lire. L'école, mixte, est tenue par des religieuses, mais les professeurs sont laïcs. Et, bien sûr, on les appelle encore des instituteurs.

Pupitres de bois avec bancs intégrés, trous pour les encriers qui sont vides car on n'a pas encore de stylo, rainures destinées aux crayons. Soizic, la petite fille, s'est mise d'emblée au dernier rang, à côté d'un garçon qu'elle a repéré dans la cour pendant l'appel, et qui lui paraît sympathique. Or tous les garçons ne le sont pas, par exemple son frère qui est une vraie brute. Mais celui-là semble calme, et quand il sourit il devient tout à fait craquant avec ce trou à la place de ses deux dents de devant. En plus, il a de beaux yeux, d'un bleu lumineux, alors que la petite Soizic n'a que des yeux marrons, comme tant d'autres enfants, ce qui la désole.

Assise à côté de lui au fond de la classe, prise d'une soudaine timidité, elle ose à peine tourner la tête et ne l'observe qu'à la dérobée. C'est une drôle de sensation, jamais éprouvée, que cet élan inconnu qu'elle tente de réprimer. Le garçon s'appelle

Dominique, elle se répète avec plaisir le prénom dans sa tête, et c'est pour arriver à l'écrire qu'elle apprend consciencieusement son alphabet. Mais pour discerner ce que la maîtresse inscrit au tableau, Soizic se lève et remonte l'allée afin de mieux voir, ensuite elle regagne sa place. Son manège finit par alerter l'enseignante qui ne dit rien, en bonne pédagogue, cependant, elle téléphone aux parents. Soizic a peut-être un problème de vue, le mieux serait de consulter un ophtalmo.

Dans la famille, c'est la stupeur. Soizic est une fillette risque-tout qui grimpe aux arbres, monte à poney, pédale comme une folle sur son vélo... Néanmoins, le rendez-vous est pris, dans ces années-là on ne discute pas les suggestions des instituteurs.

La semaine suivante, lors du contrôle dans le cabinet du praticien, Soizic essaie de lire les lettres qui s'affichent en noir sur le lointain tableau, et aussi de nommer les objets qui y sont représentés. On lui met d'étranges et lourdes lunettes devant les yeux, dont on change les verres un à un, œil gauche, œil droit. Quand l'épreuve est terminée, un conciliabule a lieu entre sa tante qui l'a accompagnée – ses parents étant toujours trop occupés – et l'ophtalmo. Comme Soizic s'ennuie, elle s'approche du fameux tableau, y découvre des choses qu'elle n'avait pas vues. Puis elle repart avec sa tante pour prendre l'autobus qui les ramènera chez elles. Soizic regarde par la fenêtre les rues qui défilent, les passants sur les trottoirs, dont certains promènent un chien. Et c'est justement l'un de ceux-là, un bel épagneul, qu'elle veut montrer à sa tante. Mais celle-ci ne sourit pas, son visage reste soucieux, elle a les yeux brillants comme si elle allait pleurer. Pourquoi ?

À la maison, un nouveau conciliabule se tient entre les adultes, ce dont Soizic ne se soucie pas, sommée par son frère de venir jouer aux dominos. Ce n'est qu'à l'heure du dîner, plus festif que de coutume, ce soir-là, avec une glace à la fraise en dessert, que sa tante est mandatée pour lui avouer la vérité. Soizic a un « petit » problème de vue. L'œil gauche est « un peu » myope, et le droit beaucoup plus puisqu'il ne distingue que... la lumière. Pour éviter une divergence entre les deux, il va falloir faire des exercices quotidiens, et, pour mieux voir, surtout en classe, porter des lunettes. Mais il en existe de ravissantes !

Des lunettes ? Soizic pense aussitôt à Dominique. Elle sera défigurée, affreuse. Bien entendu, on n'écoute pas ses protestations qui font sourire. Quelques jours plus tard, chez l'opticien du quartier, l'objet est prêt. Et il n'a rien de ravissant ! Son étui, avec Mickey dessiné dessus, ne suffit pas à rassurer Soizic. Elle met le tout dans son cartable en se promettant de ne jamais l'en sortir. Pour comble de malheur, son frère ne trouve rien de plus bête que de la surnommer « N'a-qu'un-œil » ! Il use et abuse de ce sobriquet dès que les adultes ont le dos tourné. Quant aux exercices prévus pour éviter le strabisme, ils consistent à cacher l'œil qui voit et, afin de faire travailler l'autre, agiter sous le nez de Soizic un objet qu'elle doit essayer de suivre du regard. Mais comme ces séances provoquent immanquablement des migraines, on finit par abandonner.

S'il n'y avait pas Dominique, Soizic se ficherait de toute cette histoire. Hélas, malheur de malheur, la maîtresse a décidé, lunettes ou pas, de placer désormais Soizic au premier rang. Elle en profite pour ne jamais porter la fichue monture, et il ne lui reste que les récréations pour tenter d'approcher le petit garçon qui la bouleverse. Dans ce but, elle multiplie les bêtises, voire les bagarres, pour se faire remarquer. Mais Dominique l'ignore, il ne joue qu'avec les autres garçons et n'a que faire des chamailleries de filles.

Pourtant, le pire reste à venir. La direction de l'école annonce que, dès la prochaine rentrée de septembre, l'établissement cessera d'être mixte et sera exclusivement réservé aux filles. La nouvelle tétanise Soizic. Dominique va disparaître de sa vie ? Elle ne pourra plus espérer croiser son regard, obtenir un sourire, chercher sa silhouette dans la cour ? Cette absence programmée la ronge, elle se sent déjà en manque. Alors elle prend son courage à deux mains, elle se lance et va lui demander l'heure puisqu'il a au poignet une jolie montre qui affiche Zorro sur son cadran. En lui répondant, il la regarde enfin, lui offre le sourire tant désiré et fait ainsi chavirer son cœur. Ce sera tout ce qu'elle obtiendra, l'heure des grandes vacances a déjà sonné.

*
* *

Au cours des années suivantes, Soizic quitte peu à peu l'enfance. Ses lunettes, qui semblent toujours dans leur état neuf, sont pourtant régulièrement changées. Sur leur étui, Mickey est remplacé par d'autres héros à la mode. Mais l'ensemble gît toujours au fond du cartable, au fond du sac à dos, au fond du sac à main. Le monde n'apparaît pas trouble à Soizic puisqu'elle l'a toujours vu ainsi. Et son surnom de « N'a-qu'un-œil » s'est nuancé d'affection dans la bouche de son frère. Les poneys ont été remplacés par des chevaux, la bicyclette par un grand vélo et, en classe, les additions par des théorèmes. Sa vision est stable, le strabisme à peine détectable, néanmoins, un problème qui se pose pour certaines activités est l'absence du relief. Quand on ne voit que d'un œil, il n'y a pas de vision binoculaire, tout est à plat, comme sur une photo. Soizic en prend conscience lorsqu'elle veut verser du jus de fruits dans un verre et qu'il tombe à côté, ou bien quand elle veut sauter un obstacle à cheval et qu'elle prend son élan une foulée trop tôt. Qu'à cela ne tienne, peu à peu s'est établi ce que l'ophtalmo appelle « le relief intellectuel », une expression qu'elle estime assez flatteuse.

Durant son adolescence, Soizic a parfois un petit coup de cœur pour tel ou tel jeune homme, mais rien de comparable à l'élan secret éprouvé à six ans pour Dominique. Rien d'aussi fort, d'aussi exaltant, d'aussi mystérieux. Comme elle ne peut pas revivre cette émotion d'enfance, Soizic attend celui qui sera capable de la bouleverser avec la même intensité. Et, bien sûr, il finit par arriver, du moins le croit-elle. Un premier amour longtemps espéré dans le secret de ses nuits de jeune fille, qui lui fait découvrir le flirt, l'étreinte maladroite, les rendez-vous clandestins. C'est follement excitant, mais pas au point de lui faire tout à fait oublier Dominique. Sauf que... Les années passant, il devient presque sacrilège de penser à un petit garçon. Soizic essaie parfois d'imaginer ce qu'il a pu devenir, comment il a grandi, à quoi il ressemble aujourd'hui. Mais c'est une idée fugace qui revient de moins en moins souvent. Et Soizic finit par comprendre que la nostalgie qu'elle éprouve est celle de sa propre enfance. Les tables du lycée ont remplacé les bancs de l'école, les chaussettes en tire-bouchon sont désormais des collants galbés.

Arrive l'âge du permis de conduire, que Soizic est impatiente de passer. Elle prend des leçons, remplit les papiers nécessaires et, quand le jour de l'examen arrive, elle se décide à extirper les lunettes de son sac. Choqué, son moniteur, qui ne l'a jamais vue ainsi, lui indique en hâte qu'il est impossible de les porter puisqu'elles ne figurent pas sur sa photo d'identité ! Reste à prier pour que l'inspecteur ne lui demande pas de lire une lointaine plaque d'immatriculation. Car, à l'époque, le code se passe dans la voiture, en quelques questions. Celle qui sera posée à Soizic ne va heureusement pas impliquer sa vue.

— Vous arrivez rapidement vers un passage protégé. Une femme avec une poussette traverse, il y a aussi un vieux monsieur avec un chien. Que choisissez-vous ?

Le piège est trop gros, Soizic n'y tombe pas, elle répond par la phrase voulue qu'elle ânonne, en bonne élève :

— Je dois toujours rester maître de mon véhicule.

Et voilà, elle obtient sans mal le précieux papier rose. Elle peut enfin s'élancer sur les routes avec la voiture d'occasion financée par sa famille. Elle a dix-huit ans tout juste, la vie devant elle et l'envie d'en profiter à fond. Conduire lui plaît énormément même si le paysage reste à plat. Pour cette perception des distances qu'elle ne possède pas, il y a toujours des arbres ou des maisons qui servent de repères, et son « relief intellectuel » fonctionne bien, sauf la nuit, évidemment.

Quelques amourettes se succèdent alors, petits bonheurs et petits drames, trois ans sur les bancs de la fac de lettres à fréquenter les maîtres de la littérature ainsi que des étudiants ressemblant le plus souvent à des poètes maudits. Aucun vrai coup de cœur, rien que des copains. Enfin, il faut bien songer à intégrer le monde du travail, comme tout un chacun, et par chance Soizic décroche un poste dans une maison d'édition. Très vite, elle s'épanouit dans son métier, se fait des amis, sort beaucoup. Les lunettes n'ont pas trouvé place sur son bureau, elles demeurent près du levier de vitesses de la voiture, unique concession de Soizic à la sécurité routière, car le verre gauche corrige la myopie tandis que le droit se contente de faire de la figuration.

Mais qu'importe ! La route vers des week-ends à la campagne reste belle, et Soizic s'amuse toujours au volant. C'est lors d'une de ces escapades chez des amis qu'elle fait la connaissance de Lionel. Un véritable coup de foudre qui la tétanise. Elle le sait immédiatement, c'est la rencontre qu'elle espérait, qu'elle attendait. Lionel a le même âge qu'elle, vingt-sept ans, et il est journaliste. Ensemble, ils parlent des derniers livres qu'ils ont lus, des musiques qu'ils aiment, des pays qu'ils voudraient visiter, et ils se découvrent de nombreux points communs.

Les semaines suivantes, ils se revoient à plusieurs reprises, apprennent à se connaître en se livrant peu à peu. Ils prennent leur temps pour profiter du plaisir de cette découverte réciproque. Ils vont écouter du jazz dans des caves, boivent des bières aux terrasses des bistrots, choisissent ensemble le film qu'ils veulent voir. Soizic, fidèle à elle-même, ne met jamais ses lunettes quand elle est avec lui, elle les a désormais cachées dans la boîte à gants de sa voiture. Lorsqu'elle présente Lionel à son frère et que celui-ci, par habitude ou par mégarde, use gentiment du surnom de leur enfance, Lionel demande l'origine de cet étrange « N'a-qu'un-œil ». Comprenant aussitôt sa maladresse, le frère de Soizic livre une explication si embrouillée qu'elle choisit d'avouer la vérité. Le faire est pour elle une marque de confiance, une preuve d'amour.

Lionel est primesautier, charmeur, cultivé. Il entoure Soizic d'attentions, il sait la surprendre et la faire rire. Leur relation devient sérieuse lorsqu'à son tour il présente la jeune femme à ses parents, à ses deux sœurs et à son meilleur ami, Nick. Sans doute a-t-il besoin de leur approbation pour ce qu'il s'apprête à faire et qu'il veut préparer avec soin. Il a compris que sous son allure indépendante et sportive Soizic cache une âme romantique, un reste d'enfance. Alors il lui offre la plus belle des demandes en mariage lors d'un dîner aux chandelles, mettant un genou en terre comme un prince le ferait dans un conte de fées, et il lui tend un écrin ouvert. La bague est magnifique, elle a dû coûter une fortune ! Très émue, Soizic s'en émerveille, la glisse à son doigt et s'extasie devant la beauté de cet imposant diamant. Lionel murmure alors que, puisqu'elle est un peu myope, il tenait à ce qu'elle le voie bien. Dans un éclat de rire, mais contenant ses larmes, Soizic se jette dans ses bras.

Les préparatifs du mariage réunissent les deux familles lors d'un repas très chaleureux où tout le monde sympathise. Le frère de Soizic promet solennellement de ne plus jamais utiliser le méchant surnom, et il lui propose d'être son témoin. Lionel, pour ne pas créer de jalousie entre ses sœurs, prendra pour sa part son ami Nick. La tante de Soizic, excellente couturière, offre de réaliser la robe de la mariée. Et ce, dans le plus grand secret, car Lionel ne doit pas la découvrir avant la cérémonie.

Soizic est sur un petit nuage. Elle a oublié ses premiers flirts et ses premières aventures, entièrement tendue vers un avenir qui s'annonce radieux. D'ailleurs, en attendant le grand jour, les fiancés commencent à chercher un appartement. Jusqu'alors, ils habitaient chacun un studio et dormaient chez l'un ou chez l'autre, mais l'heure est venue de partager le quotidien et de mettre leurs vies en commun.

Un soir où ils ont invité Nick à dîner, celui-ci leur signale un beau trois pièces qui vient de se libérer dans son quartier. Chez un commerçant, il a vu l'annonce qui propose ce soixante-quinze mètres carrés refait à neuf, avec balcon, pour un loyer très intéressant.

— Tu serais à deux pas de ta maison d'édition, dit-il à Soizic, et Lionel pas loin de son journal. J'ai relevé le numéro, vous devriez les appeler demain matin. À mon avis, ils auront beaucoup de demandes, mais comme vous avez deux situations stables...

— Ce serait formidable ! s'exclame Soizic. Si ça marche, tu nous auras épargné de longues recherches. Merci, Nicolas.

Elle ne le connaît pas depuis assez longtemps pour l'appeler par son diminutif, et depuis l'affreux « N'a-qu'un-œil », elle n'aime plus les surnoms.

— Nicolas ? répète-t-il d'un air surpris.

Lionel s'amuse de cette erreur et précise :

— Nick s'appelle Dominique, ma chérie.

Bouche bée, Soizic le dévisage avec une soudaine attention. À force de ne regarder que Lionel, elle n'a pas fait attention à ses yeux d'un bleu lumineux, à sa façon de sourire. Serait-il possible que...

— Dans quelle école étais-tu en primaire ?

La question paraît incongrue, mais Nick répond qu'il en a fréquenté deux. Dans la première, dont il donne le nom, il n'est resté qu'un an.

— Parce qu'ensuite, l'école n'était plus mixte, n'est-ce pas ? lâche-t-elle dans un souffle.

Elle n'attend pas qu'il acquiesce, elle a compris. Et tout lui revient d'un coup, avec une précision inouïe. Le fond de la classe, les pupitres, la cour de récréation, et ce courage qu'il lui avait fallu pour oser demander l'heure au petit garçon qui faisait battre son cœur.

— Il y avait Zorro sur le cadran de ta montre, ajoute-t-elle.

Cette fois, c'est Nick qui reste stupéfait.

— Oui, mais...

Il hésite, cherche en vain dans ses souvenirs.

— Au début de l'année, nous étions assis côte à côte, insiste-t-elle.

— Ah bon ? Comment peux-tu te rappeler un truc pareil ?

Que répondre ? Qu'il a beaucoup compté pour elle et qu'il l'a longtemps hantée ?

— J'ai une très bonne mémoire, dit-elle seulement. Il te manquait deux dents.

Nick hurle de rire et tape gentiment sur l'épaule de Soizic. Un geste qui n'a plus aucune importance aujourd'hui, elle s'en aperçoit avec soulagement. Et c'est sans le moindre regret qu'elle referme enfin la page de son enfance.

Maxime CHATTAM

Big Crush
ou le Sens de la vie

Maxime Chattam est l'un des maîtres du thriller français dont l'imagination intarissable est régulièrement saluée par la presse. Il a vendu plus de 7 millions d'exemplaires en France et est traduit dans une vingtaine de pays. Il a récemment publié *Le Signal* et *Un(e)secte* aux Éditions Albin Michel.

Avant, il n'y avait que le néant.
Lorsque Adam ouvrit les yeux, il y eut la lumière.
Vive, aveuglante, chaude.
Des voix tout autour. Un premier cri, une première lampée d'air, inoubliable.
Tout va bien. Vous êtes parmi nous. Vous revenez à la vie. Soyez le bienvenu.
Les mots s'enchaînaient à ses oreilles et les ombres défilaient sous son regard incapable de se fixer, de faire le point, envahi par ce halo blanc si puissant, presque palpitant.
Vous allez vous habituer, lui répétait-on.
La panique survint ensuite. Elle était attendue, ils l'aidèrent à la gérer, à se calmer, à se rendormir…
Nouveau lieu, plus doux. Moins saturé. Une présence seulement qui veillait dans la pénombre. Elle lui faisait du bien.
On lui prit la main.
Il se rendormit.
Ses paupières se soulèvent doucement sur le monde qui est à présent à sa portée. Il le voit. Sa chambre. Les dessins d'enfants affichés aux murs tout autour de son lit médicalisé. Ils lui disent quelque chose…

Ces formes, ces visages colorés, ces noms rédigés avec des lettres inégales...

Sa famille.

Mes petits-enfants.

Leurs noms lui reviennent petit à petit... Ils sont si nombreux !

Mes enfants.

Un pincement au cœur, le premier, douloureux. Adam se souvient qu'il en a perdu un. Aucun parent ne devrait survivre à ses enfants, de ça, il en est absolument certain. Pour le reste, son environnement est encore flou. Sa mémoire bégaie. Elle lui crache des syllabes de lieux, de visages, des contours pas toujours très définis.

Sa maison. Le papier peint qu'il faut changer. Il ignore pourquoi, mais ce détail a son importance. Alors il le range dans un tiroir de son esprit pour ne pas l'égarer n'importe où, peut-être que ça pourra lui servir, plus tard.

Adam se redresse difficilement, bon sang que son corps est lourd et rigide. *Et douloureux.*

Une perfusion le relie à l'hôpital. C'est là qu'il est.

L'infirmière est souriante, attentionnée, mais muette.

Tout autant que lui, réalise Adam. Il fait claquer sa langue sèche contre son palais, et constate qu'il a du mal à prononcer ne serait-ce qu'un « bonjour ». Son palais n'est plus qu'une ruine, manifestement.

Sa nurse lui fait comprendre que ça va revenir. Il ne doit pas s'inquiéter. Ah, donc elle parle, elle. Mais peu. Et Adam aimerait qu'on lui parle plus. Beaucoup. Les mots lui font du bien, ils le bercent, ils tissent un pont entre lui et les autres, un cordon ombilical qui unit les hommes, les façonne parfois, et comme il se sent terriblement seul, profondément unique dans ces premiers instants, il en a besoin, de ces liens. À bien y penser, il en sera toujours ainsi. Adam aime les mots et se tranquillise à l'idée que son futur en sera riche. Il le sait. La chair se fera verbe.

Il dort beaucoup au début.

Il ignore si les minutes espacent ses prises de conscience, des heures ? Des jours ?

Mais voilà qu'il est à présent encadré par plusieurs visages familiers. Une fleur humaine aux pétales ondulant dans l'impatience. Regardez ! Il ouvre les yeux, chuchote-t-on. Certains ne sont pas de la plus grande jeunesse, ce qui en dit long sur l'âge d'Adam lui-même. Il a oublié, il ne fera plus le compte depuis longtemps.

Oh mais, attendez…

Il les reconnaît et ses traits s'éclaircissent. Pour un peu, la lumière en jaillirait tant son âme s'illumine de bonheur.

Ce sont ses enfants. Sa famille.

Les plus jeunes apparaissent, fendent la corolle par le dessous et agrippent ses doigts rêches et tordus par le temps. Papy !

Ah oui, toi aussi tu es là ? Adam est euphorique. Toute cette vie, tout cet amour, tous ces mots…

Lorsqu'ils repartent il a envie d'arracher sa perfusion pour les retenir, fermer la porte, mais au fond de lui, il a une nouvelle certitude qui l'apaise rapidement. Il va les revoir.

Et Adam a raison.

Assez souvent les premiers temps, puis de moins en moins. Ils ne viennent plus en horde mais en petits groupes, puis un couple après l'autre, puis presque plus.

Mais à ce moment, ça n'est pas très grave car Adam a une nouvelle compagnie qui l'accapare énormément et exige une énergie dévorante. La mémoire.

Elle afflue par bribes, puis par vagues, et enfin par courants entiers et ininterrompus qui inondent sa pauvre tête de tout ce qu'il va vivre. C'est décousu, c'est emmêlé, c'est rarement limpide, mais il adore. Il engrange, il trie, il savoure ce qu'il n'a pas encore vécu mais qui l'attend. Il le sait, c'est ainsi, il n'a pas le choix. Le choix, c'est les autres. Lui ne l'a pas et c'est normal. Une évidence.

Sa langue finit par reprendre de sa superbe, puis il est capable de se lever. Bientôt de marcher, et même de s'habiller tout seul, ce qui est le début de la dignité.

Il ne tient plus en place, il n'a qu'un désir : pouvoir sortir. Quitter cet hôpital.

Patience.

Le grand jour vient plus vite qu'il ne l'aurait pensé alors même qu'il sait quand il aura lieu depuis déjà un moment. Il est accompagné d'une partie de ses enfants, ceux qui ne vivent pas trop loin. Ils veulent l'aider à monter dans l'ascenseur, ce qu'il refuse, trop fier de retrouver un peu d'autonomie.

Dehors la rue bruisse de son égoïsme rassurant. Tout est en place, tout le monde fuse, rien ne l'attend, le monde tourne.

La voiture ressemble à un minibus, et cela l'amuse.

Elle le dépose devant la maison où il reste immobile longuement. Il pleure.

Tant de souvenirs dans cette boîte étroite et pourtant qui occupe une telle place dans son cœur.

C'est dans la chambre qu'il vacille, qu'il tombe, heureusement sur le lit qui amortit la chute.

Lorsqu'il revient à lui, il tient encore un morceau dans sa main.

Un bout de papier-peint.

C'était son obsession. La dernière.

Ève.

Son Ève.

Tout n'est pas encore clair en lui à son sujet, mais elle remonte lentement à la surface. Son odeur, tout d'abord. Il la connaît parfaitement. Elle est la sienne aujourd'hui, la seule qu'il sent véritablement. Puis ses cheveux, indomptables. Une vie à tenter de les soumettre, en vain.

Adam est hilare.

Oui, son Ève est présente, là, au creux de ses doigts, dans ce bout de papier peint qu'elle voulait tant changer.

Elle n'en a pas eu le temps, croit-il se souvenir.

Sa poitrine se fait si dure qu'il en a mal, très mal. Adam serre les dents, ça va passer. Ève lui manque. Beaucoup trop.

Mais ça n'est pas grave, parce qu'il sait ce qui va arriver. Et il va pouvoir s'y consacrer, cette idée va le porter jusque-là. Oui, très bien !

Et c'est ce qu'il fait.

Adam arrange la maison, il la brique pour qu'elle soit impeccable le jour venu. Mais il ne change pas le papier peint, ça ne lui vient pas à l'esprit. C'est impossible, son Ève voulait le changer, c'est donc qu'elle doit le remarquer d'abord.

Le temps passe, et chaque jour qui défile le voit rajeunir un peu puisque son corps se dénoue. Pas de miracle, bien sûr, mais juste ce qu'il faut pour qu'il retrouve une mobilité suffisante à accomplir les tâches du quotidien, les courses dans le quartier.

Adam est de bonne humeur. Tout le temps. Il a de quoi, il sait ce qui va suivre. Mais c'est long, cette vie sans Ève.

Étrangement, c'est dans la dernière ligne droite que c'est le plus difficile, qu'il se ramasse sur lui-même, comme une coquille qui se referme. Il a de nouveau mal aux articulations. Mal au cœur surtout. Elle lui manque beaucoup trop. Il se demande comment il a fait pour tenir la distance sans elle.

Puis vient le jour.

Il n'en a pas dormi de la nuit.

Adam s'est apprêté dans les moindres détails, jusqu'à récurer le derrière de ses oreilles qu'il négligeait trop souvent et les ongles de ses pieds, bien trop loin du reste habituellement. Il s'est même vaporisé du parfum. Il n'en a pas utilisé depuis… sa naissance. Ses chaussures sont cirées, l'ourlet de ses pantalons tombe comme il faut, un dernier coup d'œil dans le miroir pour ajuster son nœud papillon. Il a perdu dix ans !

Le personnel de l'hôpital est très aimable avec lui, ils savent pourquoi il est là, et dans un lieu où la mort ferme les visages, la vie les ouvre naturellement. Ils l'installent dans une salle blanche, lumineuse. Il ne sait pas pourquoi il faut qu'elle soit si violemment éclairée, mais suppose que c'est nécessaire, alors il ne dit rien.

Elle arrive en début d'après-midi, sur un lit roulant, recouverte de son linceul. Les médecins demandent à Adam de ne pas la toucher, d'être courageux, que tout va bien se passer. Il peut sortir s'il préfère ? Mais non, bon sang non, il ne veut rien rater !

Un des médecins consulte une feuille et vérifie l'heure. Il hoche la tête à son acolyte et ensemble, respectueusement, ils déplient le suaire, dévoilant Ève.

Elle est là, pâle, sans vie et pourtant déjà si belle.

Une pointe de couleur apparaît sur sa joue, du côté où se tient Adam qui serre ses mains sur sa poitrine pour se retenir d'accourir, de la prendre contre lui.

Le rose s'étend. Il irradie, couleur de l'existence.

Adam croit percevoir un léger frémissement de ses lèvres, puis ses narines bougent.

Alors Ève ouvre les yeux, difficilement, elle est aveuglée elle aussi, Adam a envie de lui crier que c'est normal, que tout va bien se passer, mais les infirmières débarquent pour encadrer la revenante et la rassurer.

Ève avale sa première gorgée d'air, un long chuintement qui ranime tout sur son passage.

Elle est de retour. Elle est en vie. Enfin.

Adam est autorisé à l'approcher lorsque les vérifications d'usage sont terminées. Sentir sa paume dans la sienne est une bénédiction, elle le réchauffe plus sûrement qu'un éclat de soleil. Il lui laisse le temps. Il est patient, désormais tout va bien, il a retrouvé sa femme, il tient contre son cœur son premier amour. Son unique amour.

À chaque étape du processus, il est là, il l'accompagne.

Et lorsqu'il comprend à son regard qu'elle le reconnaît enfin, ils pleurent l'un contre l'autre.

Elle est là, son « Big Crush », comme il va désormais l'appeler pour toute leur vie. Parce que le soir où il l'a vue pour la première fois, il a été envahi par une émotion immédiate, il a flashé sur elle, un crush comme un tremblement de terre, mais qui bâtit plutôt que de détruire, un tremblement de terre à l'envers en quelque sorte. Crush. C'est ainsi qu'on dira dans sa jeunesse.

Ses premiers mots sont «Je suis tellement heureuse de ce que nous avons accompli, ensemble». Puis, lorsqu'elle rentre à la maison, avec lui, elle dépose sa valise dans la chambre et annonce qu'il faut absolument changer ce papier peint atroce.

La maison reprend son souffle, comme si elle n'avait fonctionné que sur un poumon en l'absence d'Ève. Et les mois deviennent des années, tout est limpide, tout est facile, parce qu'ils savent. Ils n'ont plus qu'à faire.

La mort de leur fils aîné est l'ombre dans leur ciel bleu. Permanente. Implacable. La revivre est une géhenne intolérable. Indigne du divin, s'il est. Mais le couple tient bon, parce qu'ils savent.

Ils savent que, passé l'épreuve, leur fils sera à nouveau présent, parmi eux. Qu'ils pourront profiter de lui. Avec l'amertume, pour l'heure encore, d'aussi prendre conscience qu'au fil du temps ils oublieront aussi qu'il va mourir, qu'ils auraient dû profiter davantage encore de chaque instant. Mais ainsi en va-t-il du monde. On ne peut pas tout savoir, de tout, et tout le temps, n'est-ce pas ? La mémoire du futur s'efface à mesure qu'il devient le passé.

Revivre la période des enfants à la maison est une douce parenthèse aussi éreintante qu'enchanteresse. La maison n'a jamais été aussi pleine de cris, de rires, de pleurs, de confidences. De mots bien sûr, et ça, les mots, Adam les chérit tant, il est heureux.

Mais le papier peint de la chambre d'Ève et Adam est toujours le même.

Lorsque leur premier enfant naît, Adam est traversé d'un flash qui le marque d'une cicatrice, celle de la peur.

Il comprend qu'inexorablement il se rapproche du moment.

Celui où Ève et lui vont se rencontrer.

Et donc leur séparation avant cela. Définitive.

Il ne veut pas perdre son Big Crush.

Adam ne veut pas finir sa vie sans elle. L'idée lui en est insoutenable. D'une manière ou d'une autre, il veut lier leur destin jusqu'au bout. Mais est-ce seulement possible ?

Il trouve chez un brocanteur un calendrier de l'année où cela va se produire et il marque la date d'une croix rouge. Puis, après réflexion, il ajoute « non » dans la case.

Toute son existence, il a trouvé son équilibre grâce à Ève. Il doit y avoir une solution pour comprendre ce qu'ils vivent. La vie a forcément un sens.

Et ce mot l'obsède, nuit après nuit.

Le *sens* de la vie.

Il sait que la religion ne lui sera d'aucun secours. Il a beaucoup lu à son sujet, il a eu sa période mystique, ou du moins été tenté par le concept d'une vie avant la mort. Mais les hommes prient et cherchent la parole de Dieu depuis l'origine des temps, ou en tout cas depuis qu'ils savent se raconter des histoires, et jamais personne n'a véritablement pu l'entendre, encore moins le faire entendre. Dieu doit être à sens unique, lui, s'il est.

La philosophie, Adam la connaît, il l'a enseignée au lycée pendant longtemps, il en a décortiqué les rouages jusqu'à la saturation, il sait que son salut ne viendra pas de là non plus. Elle vient des hommes, pour les hommes, et ce qu'Adam recherche les dépasse.

Il hésite un temps à revenir à la mythologie et à l'idée même de destinée puisque c'est ce qui les régit tous, le destin inflexible. Cependant, là aussi, il devine une impasse sémantique. S'il y a un destin, c'est qu'il est déjà écrit, et Adam veut justement désécrire ce qui est prévu.

La réponse lui vient de la contemplation. Un soir qu'il observe l'aube, il s'interroge sur la trajectoire des astres. Eux sont au-dessus de leurs têtes depuis toujours, depuis le commencement au moins, et peut-être qu'ils sont la leçon à étudier. Toutes ces étoiles, comme la ponctuation d'une langue qui leur échappe. Celle du temps. Oui, c'est cela. Le temps à l'échelle primale et non des hommes.

Alors Adam se met à lire, il écluse les bibliothèques pour se remplir. Il veut sa réponse.

Le temps passe. Son temps.

Déjà le calendrier fatidique qui n'était qu'une babiole inutile est devenu utile, affiché dans la cuisine.

Adam veut savoir. Il a besoin de savoir. Il a parfois l'impression que l'acte même de chercher est déjà une déviance sur la trajectoire qui était la sienne, mais aussitôt qu'il y songe, le concept devient flou. Il sait qu'il peut dévier un peu de son futur, très légèrement, s'il se force, il parvient à s'arracher à ce qui était prévu, pour agir différemment. Mais c'est aussi épuisant et effrayant que c'est léger et sans conséquence puisque tout revient inlassablement dans le sillon qui est le sien.

Car la vie les rattrape toujours. Du moins celle qui était prévue. Celle qu'il devine dans ses souvenirs du futur.

Adam poursuit son labeur, il se détourne de ses journées d'étude de la philosophie qu'il délaisse pour se consacrer aux étoiles. Est-ce pour cela qu'il a été un professeur très moyen ?

Les pages du calendrier se tournent. Trop vite. La croix rouge se rapproche.

Un soir, Ève lui annonce fièrement qu'elle a une surprise. Elle est si belle, si pétillante. Si jeune.

Elle l'entraîne jusque dans leur chambre où ils vont faire l'amour comme des adolescents. Mais avant cela, elle lui montre le tout nouveau papier peint qui recouvre les murs. Elle est fière. Il est si… neuf.

Le lendemain, le papier peint n'est plus là. Une peinture verte, écaillée et fade nimbe leur chambre.

Adam doit trouver une solution.

La veille du jour avec la croix, il est fébrile. Son cœur bat la chamade. Il est plus amoureux que jamais. Demain il donne son premier baiser à Ève. Le premier baiser de son premier amour. Du seul amour. Son Big Crush. Les mots claquent.

C'est aujourd'hui qu'il assiste à une conférence d'astronomie. Il en boit chaque parole.

Mais un concept lui glace les sangs.

Le Big Bang.

L'univers né d'une explosion formidable, qui se serait répandue dans le vide pendant des milliards d'années…

Est-ce vrai ? Est-ce sûr ? demande-t-il debout dans l'amphithéâtre.

Oui. Nous le pensons. Le Big Bang…

Mais jusqu'où se répand l'univers ? Y a-t-il une limite ?

Celle des dynamiques du cosmos, lui répond le spécialiste.

Et ensuite ?

Eh bien, ensuite, la matière est comme un élastique. Elle atteint le maximum de ses capacités, puis entame le processus inverse. Le Big Crunch. Tout l'univers se comprime dans l'autre sens, jusqu'à revenir à l'état primitif, l'infini comprimé en un point unique d'où repart le Big Bang une nouvelle fois.

Mais comment peut-on le savoir ? s'étonne Adam qui devine quelque chose d'étourdissant dans cette démonstration.

On le sait parce que la science nous a permis de calculer la température qu'il ferait dans l'espace le jour où nous serions capables de nous y rendre. Une simple question de logique et d'observation. Sauf qu'il y a eu un problème.

Quel problème ? Parlez !

Lorsque les hommes sont effectivement allés dans l'espace, il y avait une différence de trois degrés entre le zéro absolu qu'il aurait dû faire et celui mesuré. Trois petits degrés qui changeaient absolument tout.

Il aura fallu beaucoup d'huile de synapses pour comprendre cette différence. Et une évidence. Elle ne pouvait s'expliquer que d'une seule et unique manière : le cosmos avait déjà effectué trois rotations. Et chacune avait absorbé une telle quantité d'énergie qu'elle réchauffait l'espace d'un petit degré chaque fois.

Adam avait peur de comprendre.

Vous voulez dire que nous en sommes au troisième Big Bang ? Ce que nous vivons là, ce n'est pas la première fois que ça se produit dans l'histoire ?

Exactement. Et pour être tout à fait juste, nous ne sommes pas en plein Big Bang, mais dans un Big Crunch. L'univers se comprime lentement, pour revenir à son point d'origine.

L'exposé avait explosé les certitudes d'Adam.

Le matin même, il savait qu'il ne dormirait pas de la nuit.

Si ce qu'il avait entendu était vrai, il était en train de vivre sa vie dans un sens alors même qu'il en existait un autre.

Et si tout n'était que répétitions ? S'il avait déjà fait tous ses choix dans une autre existence, alors que l'univers se répandait plutôt que se refermait ? S'il n'était que l'écho impuissant d'un cri qui avait retenti des milliards d'années auparavant ?

Les impressions de « déjà-vu » n'étaient donc que des réminiscences perdues dans l'espace-temps qui le heurtaient aléatoirement, sorte de bugs cosmiques ?

Comment avait-il su quels choix opérer dans cette première trajectoire ? La seule qui comptait en réalité. Des choix cruciaux qui le condamnaient à les réitérer, et les subir pour le restant de l'éternité...

Cette pensée l'étourdissait.

Mon Ève ! Je vais donc la perdre ! L'existence n'est que fatalité ! Insupportable !

Il n'y avait pas d'alternative, pas dans ce sens, sinon refermer tout ce qui avait été ouvert. Retourner au point d'origine. Sa quête était vaine. Depuis la fin.

Le Big Crunch consommait son Big Crush.

Son cœur lui arrachait des larmes de désespoir, il savait avec une absolue conviction ce qui allait suivre et il n'y avait rien qu'Adam ou Ève puissent y changer.

Alors une autre pensée émergea. Si cette folie se révélait vraie, elle signifiait qu'il y aurait une autre vie. Inverse. Un jour. Un autre Big Bang. Et qu'il pourrait à nouveau rencontrer Ève. Et cette fois il ne saurait rien de ce qui allait advenir, chaque jour serait une construction. Sans certitude. Défi vertigineux. Mais avec l'incertitude naissait une autre émotion, au moins aussi forte. L'espoir. Cela devait avoir du bon de n'être porté que par l'espoir et non la certitude. Oui, Adam aimait cela.

Ève et Adam se reverraient. Car il en était ainsi depuis l'aube des temps. Et pour ses crépuscules suivants.

Le jour d'après, il avait presque tout oublié.

Il embrassait Ève.

Pour la première fois.

Et la dernière.

Tout s'enchaînera encore plus vite par la suite. Comme si vivre rendait le temps exponentiel. Plus précieux encore, chaque seconde après chaque seconde.

Et il ne pensera plus jamais au Big Crunch, pas plus qu'à son Big Crush.

Adam sera bientôt un nouveau-né. Rose, ébloui puis quasi aveugle. Il prendra une respiration, profonde, éternelle, poussera son dernier cri et il cessera d'être.

Ses yeux se refermeront avec son esprit.

Après, il n'y aura que le néant.

Jean-Paul DUBOIS

Une belle vie avec Charlie

Jean-Paul Dubois a démarré sa carrière comme journaliste, puis grand reporter, ce qui lui a permis d'examiner au scalpel les États-Unis des années 2000 et d'en livrer deux recueils de chroniques salués par la presse et le grand public. Il a également publié de nombreux romans, qui ont été couronnés de prix prestigieux, dont récemment le Prix Goncourt pour son livre *Tous les hommes n'habitent pas le monde de la même façon* aux Éditions de l'Olivier.

J'ai coupé le contact. On n'entendait plus que le bruit des grosses gouttes de pluie qui, par intermittence, s'écrasaient sur le pavillon. Je suis descendu de la voiture. Un homme m'attendait. Je ne voyais pas bien son visage car il portait un masque. Ses yeux, bénins, semblaient chercher sans cesse un point d'accroche, une parcelle de bienveillance dans le regard de l'autre. J'ai ouvert le hayon, nous avons soulevé son corps rigide avec précaution et l'avons déposé sur un chariot recouvert d'un tissu administratif. Elle ne pesait presque plus rien. Son cadavre était encore congelé. L'homme a marqué un temps et m'a dit : « Si vous voulez lui dire un dernier mot, c'est maintenant. » Les gouttes de pluie faisaient un bruit étrange en s'écrasant sur la housse mortuaire blanche qui l'enveloppait. J'ai gardé le silence, la laissant s'éloigner vers les huit cent cinquante degrés du four qui allaient réduire en cendres nos magnifiques quatorze années de vie commune. L'homme a juste dit : « Ne vous en faites pas, on va bien s'en occuper. » Ces mots qui se voulaient apaisants m'ont précipité dans la nuit. Et depuis le 21 avril ces ténèbres habitent en moi et à jamais.

Il est des lumières du soir, océaniques, qui peuvent faire croire en une sorte d'éternité. Le doré du crépuscule, le hasard d'une marée montante, la soie de l'air marin, la lassitude de l'eau qui, un instant, se déride, la fraîcheur de l'air iodé qui pénètre jusque dans l'âme des poumons, tout cela concourt à me débarrasser de moi-même et à me laisser porter sur l'invisible route des eaux. J'ai un petit bateau, tout vieux, assez moche, au nom imprononçable – *Hjertelig*, qui signifie « chaleureux » en norvégien –, mais qui flotte comme pas deux. Alors, quand je suis à bord, au large de Capbreton, avant que le soleil ne disparaisse à l'horizon, je coupe le moteur, j'allume les feux de position, rouge, vert, blanc, et je laisse simplement glisser le monde tel qu'il est, me contentant de voguer à sa surface, tel que je suis. En cette fin de printemps 2006, assis sur la banquette arrière, sans désirer autre chose que cette paix du soir, je regardais les lumières de la ville scintiller au loin au-dessus de petites grappes d'hommes que je savais aller et venir, simplement, comme moi, heureux d'être en vie.

À la nuit tombée, je ranimai le vieux Volvo qui me ramena vers le port à la vitesse extravagante de six ou sept nœuds. À l'approche du ponton, j'alignai mon étrave sur sa ligne habituelle pour me faufiler en douceur entre le catway et un voilier de haute volée, voisin de fraîche date. Chose qui ne se produit généralement jamais, je choquai sa coque avec mes pare-battages, ces bouées latérales justement conçues pour amortir les petits télescopages. C'est à peine si le voilier broncha, mais sa propriétaire, qui dînait semble-t-il à bord, ressentit ma maladresse comme un affront et sortit avec un verre à la main. « Quand vous aurez un peu de temps libre, vous pourrez peut-être apprendre à manœuvrer. Avec un bateau de la taille du vôtre, ça ne devrait pas être trop difficile. » Tels furent, à mon endroit, les premiers mots vespéraux d'Anna Glazer, ophtalmologue spécialisée en chirurgie vitréo-rétinienne. Furieux, méprisants, condescendants. Penaud, *Hjertelig* fit taire son diesel et éteignit ses lumières.

Rien n'était encore en place mais tout était déjà scellé. Habile manœuvrier, le hasard, contrairement à moi, avait formidablement réussi son approche. Je ne le savais pas encore mais le bonheur me guettait déjà. Quant à l'amour, il viendrait en temps voulu, en prenant, c'est vrai, une tournure pour le moins inattendue.

Je m'appelle Paul Bismuth. Je porte le nom embarrassant d'un médicament utilisé pour lutter contre les parasites et l'infection. Mais l'actualité et l'homonymie ont aussi fait de moi le comparse ridicule d'un ancien chef d'État, flibustier à ses heures, et fort peu regardant sur l'identité de ses cartes SIM.

Bismuth, donc, je suis. À l'époque où commence cette histoire marine, j'ai cinquante-six ans, ne fume ni ne bois, dors cinq heures par nuit et gagne ma vie sans en tirer gloire ni fortune. Je refais des intérieurs de bateau, les vernis, les vaigrages, les peintures, les coupe-circuit, j'installe aussi des écrans plats que personne ne regardera jamais, des systèmes de son extravagants, des détecteurs de poissons furtifs, des barbecues de pont qui resteront sous leurs housses et des toilettes électriques pour broyer les regrets des apprentis du mal de mer. Même si tous ces équipements servaient rarement, il y avait quelque chose de gratifiant à redonner un peu de lustre à des unités délaissées. En tout cas, c'était mon travail.

Au début du mois de juin, après deux longues semaines de pluie, une bouffée de chaleur poussa les hommes au bord de l'eau et les bateaux sur l'océan. Le mien, à des allures antiques, en longeant les falaises de flysch du Pays basque, fit une bonne journée de navigation vers la baie de San Sebastián pour s'en revenir le soir à son port d'attache. L'accostage fut parfait, moteur coupé, barre immobile, la coque avançant sur son erre. Pas un bruit, pas un effleurement. Tandis que je fixais les amarres, j'entendis dans mon dos la voix aux inflexions patronales de l'ophtalmologue. « Vous avez fait de sacrés progrès. Vous apprenez vite. Montez à bord un moment, venez prendre un verre. » Cela ressemblait davantage à une convocation qu'à une invitation. Le voilier était racé, taillé pour la course aussi bien que pour les élégances, avec ce qu'il fallait d'acajou et d'érable pour flatter les orgueils du propriétaire. Anna Glazer était à l'image de son bateau, raffinée, soignée, entretenue. Une femme ancrée au milieu de sa vie et n'aimant pas être contredite. « Si vous me dites que je ressemble à Michelle Pfeiffer – tout le monde me dit ça –, vous redescendez immédiatement à terre. » Je ne savais pas vraiment ce que je buvais, quelque chose d'insipide, d'un pourpre sombre, avec des éclats de glace, des miettes de citron et suffisamment de dioxyde de carbone pour embrouiller les papilles. « Je suis désolée pour l'autre soir. J'avais passé une très mauvaise journée. Et vous êtes venu me heurter au mauvais moment. » Je répondis d'un simple sourire de marin à petit budget. Je me souviens, d'ailleurs, de n'avoir pas dit grand-chose durant cette soirée. Rien sur moi, trois fois rien sur mon travail, en revanche, je reçus une formation accélérée sur les spécialités de l'ophtalmologie et les habiletés de mon hôte à châtier les décollements, les puckers maculaires, les thromboses, les vasculites, sans oublier les gestes de la chirurgie orbito-palpébrale. Tout en suivant ce cours magistral, je remarquai, dans le carré, une jeune chienne d'une beauté et d'un calme saisissants. Elle était couchée sur un tapis et ses grands yeux noirs, piqués sur son pelage blanc, semblaient regarder notre monde depuis la nuit des temps. « C'est une golden retriever. Elle a six mois. Je n'aurais jamais dû avoir de chien. C'est mon erreur. Enfin, maintenant qu'elle est là, et même si c'est un chien d'eau, je ne vais quand même pas la jeter par-dessus bord. » Comme lasse d'entendre ces conneries, la chienne se leva, s'avança vers moi et posa sa gueule sur ma cuisse sans jamais me quitter des yeux. Ma main glissa sur son encolure, s'enfonça dans la fourrure de son poitrail et nous nous regardâmes ainsi longuement jusqu'à ce que l'ophtalmologue nous rappelle à nos devoirs respectifs. En marchant sur le quai, j'étais encore tout ému de ma rencontre avec cette golden. Hanté par la profondeur de son regard. En revanche, force est d'admettre qu'il m'aurait été impossible de dire quelle était la couleur des yeux de Michelle Pfeiffer.

La nature des apéritifs de la marina prenant un tour différent, je fus amené à considérer de plus près la teinte des pupilles d'Anna. Pour autant, c'est quand je plongeais dans celles de la chienne que mon cœur s'emplissait de bonheur.

Chaque fois que l'état de la mer et ses contraintes professionnelles le permettaient, Glazer m'embarquait pour une virée au large où il n'était question que de tabasser la houle sur les crêtes du vent. Skipper compulsif, elle menait seule ce trente-deux pieds et n'aimait rien tant que ces ciels sombres aux mers indigestes, violentes, vous infligeant des rafales, vous promettant le pire en vous saccageant l'estomac. Durant ces expéditions, je n'étais d'aucune aide pour Anna, qui s'adressait à moi avec son éternelle vigueur patronale, accentuée par la rigueur des éléments. Mais il y avait décidément trop de voiles, trop de vent, trop de cordages, trop de winches, trop de bâbords ou de tribords amures, trop de consignes pour abattre, border, lofer, choquer, pour que je puisse raisonnablement ranger tout cela dans ma tête, ou à tout le moins me faire une petite place au milieu de ce bordel. Je me contentais alors d'équiper la chienne d'un gilet de sauvetage et la tenais serrée tout contre moi, ressassant la phrase d'Anna : « Je ne vais quand même pas la jeter par-dessus bord. »

Après six mois de dîners et d'épopées océaniques, la chienne et moi étions devenus inséparables. Elle semblait même avoir oublié l'odeur de Glazer, qui s'en accommodait parfaitement et me la confiait de plus en plus souvent. Je me dois de préciser qu'Anna incarnait à la perfection tous les clichés qui pouvaient plaire au mâle blanc mature, sportif, en quête d'accouplement et de bonne compagnie. Et pourtant, dès que la chienne arrivait vers moi au galop, avec ses oreilles à l'horizontale et sa queue ventilant pareille à une crinière, l'ophtalmologue disparaissait de ma vue. Elle avait aujourd'hui la stature élancée d'une femelle adulte et toujours cet incroyable regard qui avait le pouvoir prodigieux de vous rendre meilleur dès l'instant où il se posait sur vous.

C'est à cette époque-là que j'ai compris que j'étais vraiment amoureux. En cette nuit étrange où, marchant sur le ponton qui me menait au voilier, je pris conscience d'accepter ces régates sauvages et ces fameuses invitations du soir dans le seul but de retrouver au plus vite la chienne, de la serrer dans mes bras, de lui frictionner le ventre et le dos, d'enfouir mon visage dans sa fourrure et de respirer sa profonde odeur animale. Le docteur Glazer ? Comment lui expliquer qu'un type à petit bateau, à petit budget, ignorant tout des pathologies palpébrales, et à qui l'on offrait Pfeiffer sur un sofa Steiner, préférait dormir avec sa chienne couchée en rond dans le carré ?

Un soir de pluie, tandis que je changeais le joint torique de ma pompe à eau, Anna, du haut du balcon avant, me demanda de monter à bord du voilier. J'étais en tenue de travail, le cheveu tourmenté et les mains gantées de latex souillé. « Voilà, Paul, c'est évident, nous sommes arrivés au bout de cette liaison. Nous n'allons plus nous voir. Tu redeviens Paul Bismuth, mon voisin de catway. Au sujet de la chienne, j'ai bien réfléchi. J'ai remarqué que vous vous entendiez bien et je crois qu'elle sera plus heureuse avec toi. Et puis elle m'encombre. J'ai préparé les papiers pour la donation, tu n'as qu'à les faire enregistrer à la Société centrale canine. Je vous souhaite le meilleur à tous les deux. » C'était un licenciement sec, sans mondanité ni affect, concis, précis. D'un simple geste de la main elle nous montra le chemin du ponton. Bien qu'il fût étroit et détrempé, nous l'empruntâmes sans nous faire prier.

Si, à ce point de l'histoire, je n'ai pas encore mentionné le nom de ma chienne, c'est qu'il était tout simplement ridicule, embarrassant, même. Un de ces patronymes à rallonge que les éleveurs snobinards se croient obligés d'imaginer pour satisfaire le prurit aristocratique de leurs clients. Donc, du jour au lendemain, ma chienne fut rebaptisée au bain de mer du nom de Charlie. Elle adopta son nouveau nom avec une joie non dissimulée, s'ébroua sur la plage, faisant voler mille gouttes d'eau portant chacune un fragment de son ancien fardeau.

Par la suite, et cela me mettait chaque fois mal à l'aise, Charlie n'eut pas un regard ou une attention pour Anna Glazer lorsqu'elle la croisait sur le quai. De son côté, l'ophtalmologue orbito-palpébrale n'esquissa elle non plus jamais le moindre geste d'affection à l'approche de son ancien animal. Quant à moi, lors de ces rencontres, j'étais gratifié d'un rigide « Bonjour Paul », auquel je ne pouvais répondre que par un « Bonjour Anna » tout aussi désincarné.

Charlie et moi ne nous quittions plus. Elle m'accompagnait sur tous mes chantiers et, dès le retour des beaux jours, nous allions nous baigner chaque soir dans l'océan. Très vite je découvris que ma chienne était en fait une sorte de poisson à poils longs. Nager était chez elle une seconde nature. Sa capacité à se jouer de la puissance des vagues avait quelque chose de fascinant. Y compris quand elle se retrouvait au cœur des sauvages et dangereux rouleaux de bord. Ses puissantes pattes palmées étaient autant de turbopropulseurs qui lui offraient de solides garanties marines. J'ai très vite remarqué aussi que Charlie veillait sur moi et me rappelait à l'ordre dès qu'elle jugeait que je m'éloignais trop de la plage. Elle se mettait alors à aboyer de sa grosse voix, une tonalité de molosse, pour me signifier que je devais me rapprocher de la plage.

Charlie avait plusieurs voix. D'abord, son aboiement standard, dont sont équipés en série tous les golden retrievers. Du coffre, solide, mais rien d'exceptionnel. Ensuite, ce rugissement que l'on eût dit surgi des forges de l'enfer, roulement bref, grave, profond, capable de déplacer une cloison. Ses ronronnements de chat également, dont elle me gratifiait dans l'intimité quand je la caressais le soir en regardant un film, couchée sur le canapé. Il y eut aussi, plus tard, ces discrets jappements de souffrance, pareils à de petits cris étouffés, quand les crises d'arthrose la réveillaient au milieu de la nuit. Et puis, il y avait surtout cette modulation inexplicable, étrange, qui revenait chaque soir après le dîner. Nous nous installions au salon et Charlie, assise en face de moi, me fixant du regard, commençait à me parler. J'emploie ce terme à dessein car, vraiment, je n'en trouve pas d'autre. Pendant de longues minutes elle imitait la voix humaine, avec ses nuances, ses inflexions, elle énonçait des phrases incompréhensibles, certes, mais je peux assurer qu'elle s'efforçait d'articuler, qu'elle essayait d'exprimer quelque chose. Je dis cela sans aucun irrespect, mais ce phrasé, ce timbre grave et mélodieux, cette voix murmurée, ces mots esquissés, marmonnés, livrés presque à regret, faisaient invariablement penser à la bienveillante parodie d'une conférence de Jean Daniel. C'était stupéfiant. Les gens qui venaient à la maison et qui assistaient à ce spectacle se tournaient vers moi, les yeux incrédules. « C'est inouï, on dirait qu'elle parle avec la voix de Jean Daniel. » Tant que dura notre vie commune, ces conversations du soir me troublèrent profondément. Je sentais qu'il se passait là quelque chose. J'avais la conviction que ma chienne tentait de forcer une porte blindée, de franchir la limite indépassable d'un langage primitif. Une chose est de lire cela. Une autre est de le vivre quotidiennement. Certains soirs, j'avais les mains qui en tremblaient. D'autres fois, je n'avais que des larmes. Alors, avec le temps, durant toutes ces années, comme un cinglé de bord de mer amoureux de sa chienne, je me suis mis, moi aussi, à parler avec Jean Daniel. À lui répondre. Il me donnait sans doute son point de vue sur l'existence et je lui racontais ces petites choses qui avaient fait ma journée. Et puis, au bout d'un moment, je me levais, je prenais Charlie tout contre moi et elle posait sa grosse patte sur mon bras. Toute sa vie elle posa sa patte sur mon bras.

Avant de nous coucher, tous les soirs, aux alentours de 3 heures du matin, sans la moindre exception et contre l'avis médical, je lui donnais un biscuit Lu et demi. La cérémonie avait son rituel. Je m'asseyais près d'elle et fragmentais le biscuit en petits morceaux, les lui distribuant tel le chanoine qui délivre l'hostie. C'était à n'en pas douter le meilleur moment de sa journée, le câlin du sucre, le frisson de la gourmandise.

Ces années-là furent prodigieuses. Elle et moi portions en nous cette sève incomparable de la vie qui suffisait à nous rendre heureux. Un jour, le voilier du docteur Glazer quitta le port pour d'autres attaches, et c'est à peine si nous nous en rendîmes compte.

Charlie et moi continuions nos sorties en mer vers la côte basque et San Sebastián. Je branchais l'antique et incroyable pilote automatique de *Hjertelig*

– une courroie de caoutchouc crantée reliant un petit moteur à l'axe de la barre – et nous filions vers le sud-ouest à petite vitesse. Quand la zone était calme et peu fréquentée, alignée sur notre cap, je lâchais les commandes, me glissais sur la banquette arrière du bateau, Charlie se collait à moi et nous regardions notre bonheur aller au fil de l'eau, en paix, flottant à la surface bleutée de cet immense monde. Il nous arrivait aussi de stopper les machines, de lâcher une ancre qui ne trouvait jamais le fond, et de plonger dans l'océan, frais comme au premier matin. Au cœur de cette mer, Charlie semblait minuscule, mais elle était pour moi le centre du monde. Sa robe blanche allait et venait autour du bateau, me frôlait, s'éloignait, laissant le poisson qui était en elle jouer à la surface des eaux. Ensuite je l'aidais à grimper sur la plateforme arrière, attendant avec délice le moment où, de son pelage, allaient jaillir des milliers de gouttelettes d'eau de mer lorsqu'elle s'ébrouerait dans la lumière du couchant.

Il ne faut pas croire pour autant que ma chienne était d'un tempérament toujours équanime. Elle avait un caractère insensé. Elle se vexait pour un rien et engageait des bouderies qui pouvaient durer une demi-journée. Dans ces moments-là, têtue, butée, elle me tournait le dos, s'éloignait ostensiblement et demeurait sourde et aveugle à toutes mes tentatives de rapprochement. Et puis soudain ma mise en quarantaine prenait fin, et elle posait sa joue contre moi. Sa jalousie était un autre versant de sa personnalité. Il m'était impossible de prendre quelqu'un dans mes bras en sa présence. Si je transgressais cet interdit, elle s'asseyait face à moi et aboyait à fendre le cristal jusqu'à ce que je réfrène mes élans et que je respecte ce qui était, à ses yeux, une distanciation correcte.

Au chapitre des curiosités, je me dois aussi de mentionner la propension de ma chienne à regarder la télévision et, en particulier, les documentaires animaliers. Elle ne se contentait pas de poser un regard distrait sur ces programmes, elle les vivait intensément, s'approchant de l'appareil pour mieux suivre l'action. Elle était intéressée par toute sorte de vie animale mais il était évident que son attention décuplait quand elle voyait ses semblables traverser l'écran à la poursuite d'une existence meilleure. Parfois, couchée par terre, la tête entre les pattes, il lui arrivait de regarder des histoires d'humains mais, sans doute déçue par notre chorégraphie de bipèdes, elle lâchait très vite l'affaire et s'endormait.

Charlie était une incroyable machine à fabriquer de la surprise et du bonheur, mais aussi, c'est une indéniable réalité, un animal capable d'agréger un nombre incalculable de pathologies, d'imaginer chaque semaine un nouvel éventail d'allergies et de se transformer en une espèce de gigantesque conglomérat produisant nuit et jour des autoroutes de poils blancs.

Je devins ainsi le meilleur ami des vétérinaires, le consultant préféré des dermatologues canins, le favori des allergologues et le protégé des techniciens des cliniques d'aspirateurs, dont les moteurs, asphyxiés par l'afflux de pilosités, rendaient l'âme les uns après les autres.

Charlie développa des allergies alimentaires qui nous conduisirent dans une vénérable école vétérinaire. Elle subit durant plusieurs semaines toute une batterie d'examens et de tests. À l'issue desquels je fus convoqué, avec elle, devant un parterre d'étudiants et leur professeur, qui leur exposa le cas de ma chienne, commenta une impressionnante série de résultats abscons, projeta des vues floues sur un écran incertain, montra des images d'archives du bout, dégoûté, d'une longue baguette, avant de renvoyer chacun dans ses familles et de s'adresser à moi : « Mon ordonnance sera simple : donnez-lui du saumon. » Et c'est ainsi que ma chienne se mit à exhaler un solide et robuste fumet d'*Oncorhynchus*. Jusqu'à ce qu'elle se lasse de cette fantaisie poissonnière et revienne avec joie vers son riz natal, ses légumes anglais et ses mystérieuses croquettes « Protect Obésité ».

Quand nous nous déplacions, Charlie et moi, j'emportais toujours son sac médical contenant, entre autres, les médicaments susceptibles d'apporter une réponse rapide et un apaisement en cas d'infection ou de crise : Predniderm, Prednicortone, Surolan, Biseptine, Previcox, Fradexam, Clavubactin, Nexgard, Dermipred, Phosphaluvet, Pyoderm, Gabapentine, Flagyl, Allermyl. Ce n'était qu'un fragment de la pharmacopée qui ne cessa d'augmenter avec l'âge. Mais peu importaient ces fragilités chroniques car elles ne nous empêchaient pas encore de vivre pleinement, de marcher sur les plages de sable, de nager dans les vagues ou de sillonner les routes côtières et montagneuses du Pays basque.

Il n'y a pas si longtemps, s'il en était encore besoin, Charlie m'apporta une émouvante preuve de son attachement. Un virulent virus m'infligea le lit pendant trente-deux jours. Cette fois c'était mon tour. Alors elle prit sa garde. Durant ce mois de malaise, de sommeil et de ténèbres, ma chienne ne quitta pas ma chambre. Quand je me réveillais, quelle que soit l'heure du jour ou de la nuit, elle était là, au plus près du matelas, à me garder ou me regarder. Parfois, broyé par la fièvre ou par un cauchemar, je me couchais par terre, près d'elle, et je sentais que plus rien de mal ne pouvait m'arriver.

Peu après cet épisode, nous entrâmes dans cet âge sombre où la vieillesse rétrécit le monde, gâche les jours, abîme le bonheur et tourmente les corps. Charlie avait maintenant treize ans. L'âge d'une très vieille dame. Alors j'ai changé de voiture pour que, dans la nouvelle, plus vaste, son arthrose chronique ne la tourmente pas trop durant nos déplacements. Nos nuits devinrent courtes et ses douleurs plus intenses. Corticoïdes, anti-inflammatoires d'abord, auxquels s'ajoutèrent très vite du Tranxène, des antidouleurs comme le Calmivet ou le Tramadol, et même du cannabis thérapeutique en gélules. Charlie avait de plus en plus de mal à se soulever. Chaque nuit, nous sortions à deux ou trois reprises faire quelques pas dans le jardin. C'était sa façon de tromper la douleur. D'éloigner l'angoisse. Il fallait que je sois à ses côtés, que je l'accompagne dans ses petits pas. Fragile, hésitante, elle donnait parfois l'impression d'apprendre à marcher. Désormais, la joie des bains de mer, le plaisir de la plage, l'excitation du bateau, tout cela s'enfonçait dans le brouillard de l'oubli. Parfois Charlie s'arrêtait devant une porte ouverte et la regardait fixement, un long moment, comme si elle devait affronter un infranchissable obstacle. Mois après mois, grignotées par la maladie et la vieillesse, ses forces déclinèrent. Je devais maintenant la porter, la soulever, la stimuler. Certains matins, elle semblait mourante, paralysée, épuisée.

Six heures après, sans mon aide, elle se redressait sur ses pattes et m'accompagnait, heureuse, la queue en trompette, pour une timide promenade. Et je reprenais espoir, j'essayais de me convaincre contre toute raison que les choses allaient s'arranger, que la mer était à deux pas et notre bonheur aussi. Et puis elle rechutait. Et se relevait de nouveau la semaine suivante. Avant de sombrer, de nouveau. Elle n'avait plus de chair, plus de muscles. Cela faisait des mois et des mois que Jean Daniel ne me parlait plus. Alors c'est moi qui lui racontais des histoires de mers et de marées qui nous faisaient passer les heures. De temps à autre, de sa petite voix de souffrance, elle me demandait de l'aide. Je la couvrais de serviettes réchauffées au sèche-linge, je me couchais près d'elle et elle posait sa grosse patte sur mon bras.

Je ne saurais dire combien de temps nous vécûmes ainsi dans cette sinistre brume, accrochés l'un à l'autre, repoussant l'échéance de semaine en semaine. Ce dont je suis certain, c'est de ne jamais avoir autant aimé Charlie que durant ces longs mois. Et puis vinrent ces trois dernières journées qui ne se racontent pas. Et ce sale matin où je pris la décision qu'un type comme moi ne devrait jamais avoir à prendre.

Mais avant d'en passer par là, et même si je suis végétarien, je suis allé à la boucherie acheter de la viande, je l'ai fait cuire avec une saucisse de Strasbourg et une tranche de jambon. J'ai coupé tout cela en fines tranches et je l'ai présenté à Charlie qui a toujours eu un appétit féroce. Étonnée un instant par ce nouveau régime, bien que malade, privée de ses pattes et de toute énergie, elle a avalé l'assiette.

Quand elle eut terminé, je l'ai serrée contre moi, et je ne sais pas pourquoi, j'ai pris une photo d'elle. J'en avais fait des centaines auparavant, mais celle-là, ce putain de matin-là, les englobait toutes.

Ensuite les choses sont allées très vite. Je l'ai prise dans mes bras, portée dans la voiture, et nous avons démarré. Je pleurais tellement que c'est à peine si je voyais la route. La vétérinaire m'a confirmé qu'il n'y avait plus rien à tenter. Alors je crois que j'ai juste dit « On le fait ». Et j'ai, de nouveau, fondu en larmes.

D'abord l'anesthésique sur la patte gauche, puis la seringue bleutée de pentobarbital côté droit. Son sublime visage calme entre mes mains du début à la fin.

Son regard, profond, confiant, ses yeux en moi à jamais.

Je suis resté un moment près d'elle, j'ai posé ma joue contre la sienne et j'ai respiré tout ce qui restait de son odeur.

Puis son pelage de vieille dame, toujours aussi élégant, fut avalé par la housse mortuaire blanche scellée par le code-barres d'identification.

La peine, l'effroyable remords d'avoir fait ce que je devais faire. La congélation.

Trois jours plus tard, le voyage vers le crématorium. La pluie.

Le 21 avril 2020 était un jour de pandémie et de plein confinement. Les hommes mouraient un peu partout.

Pour voyager, je dus faire établir toutes sortes de certificats, autant de sauf-conduits vers le malheur.

Au crématorium, après trois heures d'attente, on me remit l'urne dans laquelle se trouvaient les cendres de ma chienne ainsi qu'un petit mot qui disait : « Ce jour nous certifions avoir procédé avec le plus grand soin à la crémation de Charlie n° INCO5679114. »

Sur le chemin du retour je fus arrêté par la police. Un homme vérifia les documents de circulation et dit simplement « Bon courage à vous ».

Aujourd'hui, l'urne de ma chienne est posée sur mon bureau avec sa laisse et son collier.

Je ne suis pas retourné sur *Hjertelig* depuis sa mort.

J'ai envoyé un mot au docteur Glazer pour la prévenir de la disparition de Charlie. Elle ne m'a pas répondu.

Maintenant je dois m'y habituer, Charlie hante la maison, le jardin, l'atelier, la voiture, elle est sur la plage, dans l'océan, les sentiers des forêts, elle galope dans mon esprit et les foulées de tous les chiens qui lui ressemblent.

J'ai eu beau ranger toutes ses affaires, je continue de la voir, je l'entends, je la sens partout.

La nuit je suis parfois réveillé par son petit aboiement.

Le jour je lui parle. Mais jamais Jean Daniel ne me répond.

Charlie me manque terriblement. Elle me manquera toujours.

François d'Epenoux

1973, 7ᵉ B

François d'Epenoux a publié une dizaine d'ouvrages aux Éditions Anne Carrière, dont deux ont été adaptés au cinéma : *Deux jours à tuer* et *Les Papas du dimanche*. *Le Réveil du cœur* a reçu le Prix Maison de la Presse. Récemment a paru *Le Presque*, toujours chez le même éditeur.

« Mon Dieu, faites que ses parents meurent tous les deux. Un accident de voiture, ce serait bien. Nous pourrions vivre ensemble. »

Voilà. Telle était ma façon, à dix ans, d'aimer l'élue de mon cœur, mon premier amour, la femme de ma vie : rêver qu'elle devienne brutalement orpheline et que mes parents à moi, bien vivants et en pleine santé, puissent l'adopter. Qu'elle vienne vivre à la maison. Partager ma chambre. Rien de plus simple. Et rien de scabreux non plus. L'idée, c'était surtout d'avoir une partenaire à demeure pour jouer au Circuit 24. Se mesurer à elle non plus en grammaire ou en calcul, mais à l'occasion de courses automobiles endiablées. En évitant si possible de rater les virages.

*
* *

Nathalie Perroudot était l'une des quatre Nathalie présentes dans notre classe de 7e – notre CM2 d'aujourd'hui. Gilbert Bécaud n'avait pas peu fait, une décennie auparavant, pour populariser ce prénom (« Il avait des cheveux blonds, mon guide... »), au même titre que les Céline devaient beaucoup à Hugues Aufray. On comptait aussi quatre Sylvie et trois Valérie. Certes, Nathalie travaillait bien mais je ne sais plus si elle était la première. Première, elle l'était dans mon cœur, et cela suffisait.

J'avais aussi un petit faible pour Anne Coutard, car elle portait exactement la même coiffure que Sheila quand cette dernière chantait « Les Rois mages » dans le « Sacha Show » : les cheveux tirés en arrière au-dessus du front, rassemblés derrière le crâne par une petite barrette horizontale, formant une sorte de diadème capillaire sur une coupe par ailleurs naturelle et tombant sur les épaules. En plus, Anne Coutard était un peu sauvage. Elle avait toujours un bouton de sa chemise qui manquait, arraché à l'occasion d'une balle au priso, toujours des chaussettes tirebouchonnant un peu, et puis avec ça un air revêche, rebelle, qui tenait l'importun en respect. Elle avait la classe, ses parents aussi. Son père venait la chercher en BMW 2002 orange Tii. Tout était dit. Rien à voir avec la R16 TS du mien (pourtant toutes options, avec vitres électriques).

Mais c'était Nathalie que je préférais.

La troisième position était tenue par Christine Goudal. Elle, c'était différent. Certes, elle portait la même coupe que Miss Purdey dans *Chapeau melon et bottes de cuir* mais, pour le reste, elle n'avait rien de commun avec la féminité glamour de l'héroïne de série télévisée. Bien au contraire : Christine, c'était plutôt son côté garçon manqué qui nous plaisait – à nous, les garçons, justement. Elle n'avait pas son pareil pour organiser des « chou-fleur-chou-fleur » quand il s'agissait de choisir à tour de rôle les membres d'une équipe de foot (j'étais souvent choisi en dernier en raison de ma grande taille, laquelle faisait de moi un arrière acceptable). Une fois que la partie était lancée au fond de la cour, c'était un bonheur que de voir Goudal se jouer de ses adversaires, dribbler à tout-va, le souffle court et la mèche en sueur, pour aller marquer but sur but. Elle en bousillait, des paires de Kickers ! Et ça m'émerveillait.

Mais rien à faire, c'était toujours Nathalie que je préférais.

Il faut dire que Nathalie avait quelque chose d'autre. Une grâce, un port altier, une aura qui la rendait inaccessible – c'était à cela que l'on reconnaissait les vraies princesses de 7ᵉ B. Peut-être était-ce dû à ces vêtements que son père lui rapportait des États-Unis, des sweat-shirts inconnus à Paris, avec marqué dessus *University of Berkeley*, des jeans inédits, des T-shirts originaux siglés *Fruit of the Loom*. Cet exotisme ajoutait à son mystère autant qu'à son prestige.

J'imaginais que, dans son monde, tout était à l'avenant. Que son père ressemblait aux hommes des publicités Peter Stuyvesant, avec des favoris, des costumes cintrés, toujours souriant, toujours entre deux avions, deux piscines, deux cocktails. Que sa mère avait le style de Lea Massari, femme active, architecte ou avocate, portant des lunettes noires haut sur le front. Mais mon compte à rebours amoureux n'en était pas moins lancé : « Qu'ils en profitent, me disais-je, leur heure approche. Qu'ils profitent de leurs vacances au Club Méditerranée, et de leur intérieur meublé Roche Bobois, avec larges canapés en cuir, télé orange ovoïde, gros poufs poire dans les chambres et luminaires argentés. Car bientôt, leur Mercedes 280 SEL, à la faveur d'un dos d'âne, aura comiquement valsé dans le décor, comme dans les films de Louis de Funès avec Rémy Julienne aux cascades. »

Nulle cruauté dans tout cela. En toute franchise, j'étais loin de me figurer ce que cet accident avait d'horrible, ce qu'il représentait en termes de tôles et de chairs déchirées, de mort atroce et de chagrin pour des proches inconsolables – Nathalie en premier. La mort, je n'en avais alors qu'une idée abstraite, et le chagrin qu'un petit goût amer, celui de larmes chaudes après la perte de mon chat. C'est dire. Simplement, les parents de Nathalie se devaient d'avoir le bon goût de disparaître, sans faire de manière, ni plus ni moins discrètement que dans un tour de passe-passe dont on ne tient pas à connaître les secrets. Autrement dit, avec la bonne volonté toute professionnelle dont fait preuve un lapin blanc quand il disparaît au fond d'un chapeau haut-de-forme. Voilà tout.

*
* *

Pour l'heure, et avant ce massacre programmé, je me contentais d'admirer Nathalie pendant toute la durée des cours. Elle était assise au premier rang, selon la place que lui avait allouée madame Berger au début de l'année. Quant à moi, j'étais installé deux travées derrière, un peu à sa gauche, de sorte que je pouvais voir son visage selon un angle idéal – trois quarts arrière gauche. Idéal, car j'avais tout le loisir de la contempler sans qu'elle le soupçonne – même si je n'ignorais pas, déjà, que les êtres d'exception sont pourvus d'un sixième sens. Parfois, elle se penchait pour récupérer un compas ou un cahier dans son cartable, et alors c'était un miracle, car ses cheveux, par petits pans successifs, se décrochaient de ses épaules pour venir encadrer son profil de médaille.

Jamais elle ne me vit l'observer. Jamais elle ne posa, ne fût-ce qu'une seconde, ses beaux yeux en amande, d'un brun profond, sur mon insignifiante personne. Je n'existais tout simplement pas pour elle. Mon statut était le même que celui d'un meuble. J'occupais l'espace. Beaucoup moins important qu'une mappemonde ou qu'une carte de géographie. Et à peine plus utile que le plancher de la classe. Rien. Les filles n'avaient alors d'yeux que pour Vincent Colin, tout ça parce qu'il était « mignon » (je haïssais déjà ce mot), savait plonger du trois-mètres à la piscine et imitait à la perfection Claude François quand il reprenait les paroles de « Une chanson populaire ». Cela lui valait des kilos de billes, et pas des moindres (agates, japonaises et mêmes calots œil-de-bœuf, je l'ai vu), sans compter le même poids en bonbons : Carensac, Malabar, oursons guimauve. Écœurant ! Dans mon coin, moi l'incolore, j'apprenais à mes dépens l'amer mélange de détestation et de fascination, de jalousie et d'irritation qu'inspirent les gens qui ont du succès. Les gens qui ont une lumière en eux.

Pour autant, je ne crois pas que Nathalie fût impressionnée par Vincent Colin. C'était bien mieux, et donc bien pire encore : une fois de plus, elle n'était pas comme les autres. Elle trônait, différente, dans sa sublime indifférence, ce splendide isolement dont peuvent se prévaloir les élus. Elle n'était pas de ces sottes qui battaient des mains parce qu'un blondinet accomplissait des pas de danse entouré de Claudettes imaginaires ou s'élançait au-dessus de l'eau chlorée pour y pénétrer à la façon d'une torpille humaine, sans le moindre remous. Non. Nathalie était décidément au-dessus des autres. Elle n'était rien de moins qu'une reine. Pour son arrivée à la maison, j'allais demander à mes parents de lui installer un lit à baldaquin, festonné d'or et clos de rideaux damassés. Il n'était pas impossible que, de mon côté, je dépose sur son oreiller un paquet de Pépito en guise de cadeau de bienvenue. Après la mort violente de très proches, rien de tel pour accepter le deuil et reprendre goût à la vie.

*
* *

7ᵉ B, 1973. C'était ma toute première année dans une école mixte. Il y avait une folle électricité dans l'air. Toutes ces filles ! Elles avaient beau être « des quilles à la vanille » et nous « des gars au chocolat », quand même, ça faisait bouillonner le sang. La France époque fin Pompidou début Giscard respirait le bon air des Trente Glorieuses à leur crépuscule, Pierre Groscolas faisait un tube avec son « Lady lady lay » et Eddy Mitchell occupait les ondes d'Europe N° 1 avec ce refrain : « Tu me voudras... tu ne voudras que moi... le coup-le coup de foudre-eu... retombera sur toi... »

Bref, tout allait pour le mieux dans le meilleur des mondes scolaires, fenêtres grandes ouvertes sur les feuilles roussies des marronniers. En plus, j'aimais bien notre maîtresse, madame Berger. Un jour, avec un trombone, elle avait réparé la portière de ma Citroën SM miniature. Elle portait un pantalon Karting orange fermé par une ceinture dont deux mains entrelacées formaient la boucle – je trouvais ce détail d'un chic abouti. Ses chemisiers à froufrou étaient un peu transparents. Quant à sa coiffure, elle empruntait sa blondeur à celle de Sylvie Vartan et ses mèches Babyliss à Joëlle, la chanteuse du groupe Il était une fois. Oui, on l'aimait bien, madame Berger. On avait tous eu envie de pleurer avec elle quand elle avait surpris Blondin en train de la représenter pendue haut et court, sur le coin d'une page de son *Bescherelle*.

En classe, Nathalie levait le doigt, participait, s'appliquait. Cela ne faisait pas d'elle une fayotte – je ne l'aurais pas supporté. Simplement, elle faisait ce qu'elle avait à faire, inconsciente de l'aisance naturelle avec laquelle, j'imagine, elle devait aussi pratiquer le ski à Courchevel ou la natation à Saint-Tropez. Certes, elle n'aimait pas que l'on mouillât les craies pour qu'elles s'écrasent mollement sur le tableau vert à la moindre pression. Certes, elle trouvait que les petits-suisses de la cantine, tassés dans les trousses des têtes de Turc, c'était moyen. Mais elle n'en faisait pas cas. Elle attendait que ça passe, que ça se tasse, rien de plus, rien de moins.

Ainsi passaient les semaines et les mois, avec dans l'air, tour à tour, le parfum des pots de colle Cléopâtre, les relents de poisson pané de la cantine, l'odeur du goudron mouillé, sous les arbres, après la pluie. La vie alors sentait le plastique chaud des tableaux de bords de DS, et elle avait le goût de la grenadine tiède dans une gourde en plastique. Madame Berger alternait toujours un Karting orange et un Karting vert bouteille, le prof de gym portait un survêtement Adidas et un sifflet au bout d'un cordon, les filles ricanaient entre elles – quant aux garçons, entre âge bête et âge ingrat, ils étaient persuadés que leur donner des coups de pied aux fesses était la meilleure façon de les séduire. Nathalie, de son côté, régnait sur un périmètre absolument interdit à quiconque n'appartenait pas à son cercle rapproché. Il s'agissait des quelques marches montant à la bibliothèque, et tout dans ce petit monde semblait se dérouler au ralenti. Je regardais ce paradis de loin, où ne siégeaient que des filles, les plus jolies, les plus drôles, les mieux habillées. Inaccessible pour le commun des mortels se mourant d'un amour platonique.

★
★ ★

C'est alors que survint le drame. Dans l'air ne flotta plus seulement un parfum de colle sucrée ou de cabillaud-purée, mais une rumeur persistante : la 7ᵉ A allait partir en classe de neige, mais pas la 7ᵉ B. Autrement dit, pas nous. Ainsi en avait décidé la directrice, conformément à un roulement mis en place depuis des années.

Sur le papier, rien de grave. Mais une autre rumeur se fit jour assez vite : cinq élèves de 7ᵉ A ne pouvant partir pour des raisons diverses, ils seraient remplacés par des élèves de 7ᵉ B, au terme d'un tirage au sort. Nathalie tira le bon petit papier. Pas moi. Elle allait partir trois semaines à Villard-Reculas. Pas moi. Mais tout cela n'était rien au regard de ce constat effarant : en 7ᵉ A sévissaient trois crétins bellâtres, trois mousquetaires de la frime. J'ai nommé Thierry Massenet, Jérôme Vernière et Pascal Smadja. Tous portaient les cheveux longs et écartaient leur frange d'un coup de tête sur le côté. Certains avaient déjà fumé des cigarettes sans tousser et même conduit une Mob. C'était à leurs côtés que Nathalie allait partir. Prendre le train. Prendre le car. Faire du ski – on disait que Vernière avait sa Flèche d'or. Mais, pire encore, ils seraient là pendant les boums hebdomadaires qui allaient ponctuer le séjour. Ils seraient là pendant les slows, avec leurs grands bras et leurs rires de réclame – des gueules d'amour à faire la pub de « Fruité, c'est plus musclé ».

Le départ eut lieu. Le cœur serré, nous vîmes disparaître au coin de la rue le gros car SAVIEM tout rempli de 7ᵉ A et des cinq transfuges de 7ᵉ B (dont Nathalie, coiffée d'un fabuleux bonnet Le Coq sportif et chaussée de vraies Moon Boot). Dès ce moment-là, je sus que les trois semaines seraient longues, qui la retiendraient loin de moi. Longues, les journées de classe durant lesquelles nul visage de trois quarts arrière ne s'offrirait à ma contemplation. Et même longs, les week-ends. Car je savais qu'il en allait des classes de neige comme des colonies de vacances : la fin de semaine est toujours propice aux jeux de groupe, à la musique, aux rapprochements secrets, à je ne sais quel 45 tours de slow frotte patin posé sur la platine d'un électrophone. À l'arrière de la Renault familiale, alors que les platanes de la N12 défilaient à un bon petit cent quarante en direction de Mortagne-au-Perche, moi, je rongeais mon frein. Et les volutes de gitanes filtre qui emplissaient l'habitacle n'étaient pas les seules à me piquer les yeux.

Très vite, les lettres que m'envoyaient mes copains avec une gourmandise mêlée de sadisme me confortèrent dans mes craintes. Nul ne connaissait l'objet de mes battements de cœur, mais l'information était bel et bien là, au détour d'une phrase, entre deux cancans et sarcasmes d'enfant. Alors oui, Blondin, en montant sur un placard de vestiaire, avait réussi à voir « les nichons à la mono » (*sic*). Oui, Nogret avait fait pipi au lit. Oui, tout le monde avait eu son étoile, sauf Bayoux, forcément, ce débile. Mais oui aussi, pendant la boum, Vernière avait invité Nathalie Perroudot à un slow. Et même plusieurs. C'était écrit, noir sur blanc, en toutes lettres et avec plein de fautes d'orthographe – comme un gage supplémentaire, s'il en était besoin, de véracité. Vernière, le pire. Vernière Jérôme, Vernière et son argent de poche de fils de P-DG, sa grosse Kelton waterproof de crâneur, ses Stan Smith aux semelles rosies par la terre battue des cours de tennis.

Elle allait tomber amoureuse de lui, c'était sûr. Et l'épouser. Ils auraient des enfants et un chien, ils partiraient en vacances, ils auraient un bateau. D'autres lettres suivirent, confirmant le drame de ma vie. C'était l'enfer. Je ne savais plus si j'avais envie de la revoir ou pas, elle qui avait si cruellement trahi notre idylle quasiment avérée dans la presse du monde entier. Je regardais dehors les branches encore nues des marronniers. Madame Berger nous parlait de poésie. Et les deux dernières semaines de classe de neige durèrent des années.

★
★ ★

Des années. L'expression n'est pas usurpée. Quand Nathalie rentra de Villard-Reculas, plus belle que jamais, bronzée, objet de mes suspicions et cause de mon désespoir, plus rien ne fut comme avant. Elle m'avait trahi, hanches salies par les mains de Vernière au cours de slows interminables et, qui sait, lèvres souillées par celles du même. Je lui fis chèrement payer sa félonie par une froideur dont j'étais le seul au monde à imaginer qu'elle la remarquerait. Pauvre de moi, elle ne m'avait jamais vu, ce n'était pas maintenant qu'elle allait me remarquer. En fait, c'était moi-même que je punissais. Moi-même que je châtiais en demandant à madame Berger de me changer de place, prétextant des problèmes de vue. Placé sur le côté, au même niveau que Nathalie, au moins n'allais-je plus subir l'affront de sa présence ni la souffrance qu'elle m'imposait chaque fois qu'elle se penchait sur son cartable pour en sortir un compas ou une équerre.

Le printemps se déroula ainsi, tout fleuri de feuilles de marronnier, le soleil ajoutant sa lumineuse géométrie aux cercles et carrés dessinés sur le tableau. Et la toute fin du dernier trimestre arriva aussi, rythmée par les premières balles échangées à Roland-Garros – il fallait tirer les rideaux pour éviter les reflets sur l'écran de la grosse télé Philips –, toute vibrante, aussi, du départ prochain du Tour de France et de l'approche des grandes vacances. Quand, début juillet, les quatre portières de la R16 surchauffée claquèrent l'une après l'autre, que mon père mit le cap *via* la N10 sur Orléans, Tours, Poitiers, Angoulême, Bordeaux puis Lacanau, alors l'image omniprésente de Nathalie se dissipa peu à peu, par bouffées légères happées par le vent de la vitre baissée. Dans les jours qui suivirent, les bains de mer et de soleil aidant, la plaie fut pansée et je n'y pensais plus. Nathalie, comme un mirage dans l'air tremblant du mois d'août, s'évapora de mon esprit. J'appris par la suite qu'elle avait changé de quartier. Puis, bien plus rapides que trois mois printaniers sur un banc d'école lorsqu'on est enfant, les années passèrent. Les vraies. Celles de l'adolescence puis celles de l'âge adulte, tourbillon d'anniversaires qui se succèdent à la vitesse du souffle, succession accélérée de réveillons et de comptes à rebours que l'on fait semblant de noyer dans les excès de champagne. Oui, quatre décennies passèrent en guise de gueule de bois.

1973, 7ᵉ B

*
* *

À présent, j'ai cinquante balais et des grosses poussières. Cette année, le printemps est beau. Propice aux scènes un peu irréelles, vous savez, quand la vie décide de se faire un film.

La semaine dernière, je me suis assis pour boire un verre sur la terrasse du bistrot Au Métro, au croisement de la rue Raymond Losserand et de la rue Pernety. À un jet d'olive de la station de métro du même nom, précisément. À cet endroit le trottoir est large, les tables et les chaises et les jambes ont de la place pour s'étaler. C'était un vendredi, en fin d'après-midi, et par l'un de ces miracles que nous réserve parfois Paris, la rue était plutôt calme, les voitures dociles, et les oiseaux présents dans les feuilles des marronniers. Celles-là même qui éventaient mes rêveries quand mon esprit s'échappait, jadis, par les fenêtres de l'école.

Je venais de m'installer. N'ayant rien d'autre à faire que d'attendre la serveuse, j'ai entrepris de m'adonner à l'un de mes exercices favoris – regarder les gens et imaginer leur vie. C'est alors que, avant même d'avoir commencé à balayer les alentours, mon regard s'est arrêté net. Brutalement stoppé par une femme assise, de dos, chemisier blanc, veste sombre, à quatre ou cinq mètres de moi. Une femme dont le ravissant profil – de trois quarts arrière, comme par un fait exprès – se prêtait gentiment à mon petit jeu d'observation.

Quelque chose chez elle m'a troublé instantanément. Quelque chose, je ne sais pas, dans l'attitude, dans le dessin de l'arcade sourcilière, la courbe des pommettes. L'ourlé des lèvres, peut-être, les commissures. Elle a alors levé la main pour appeler le serveur, et ce geste a été comme une révélation : c'était elle, Nathalie, Nathalie qui levait le doigt pour que madame Berger l'interroge ! D'un coup, le deuxième plan de la rue s'est effacé, laissant place à un tableau vert tracé à la craie, à la carte de l'Europe, au placard en métal où la maîtresse suspendait son imperméable. La serveuse s'est approchée de moi.

— Bonjour monsieur, vous désirez ?
— Remonter dans le temps.

C'est du moins ce que j'aurais aimé lui répondre. Au lieu de quoi je lui ai dit :

— Une Leffe, s'il vous plaît.

Je n'avais pas quitté la femme des yeux. C'était elle, c'était sûr. Quoique. Tant d'années étaient passées... les souvenirs ne me trahissaient-ils pas ? Et puis l'inconnue portait des lunettes noires. Aussi, comme elle ne se baissait pas pour ramasser quoi que ce soit dans le sac posé au pied de sa chaise, j'ai voulu en avoir le cœur net.

Mal m'en a pris. Chaussant mes lunettes noires et endossant du même coup ma panoplie de détective privé, je me suis levé, j'ai marché droit jusqu'au niveau de sa table, quidam *lambda* passant là par hasard, tête tournée vers la terrasse d'un café tout aussi *lambda*. Le problème, ce faisant – est-on distrait quand on se veut discret –, c'est que, la tête braquée à quatre-vingt-dix degrés vers mon objectif, je n'ai pas vu que je marchais droit vers un poteau. Et que ledit poteau, forcément, je me le suis pris en pleine face, bruyamment, le corps stoppé net dans son élan, dans un bel ensemble de souffle coupé, de joue déformée et de Ray-Ban broyées par le choc. Si la vie se fait parfois un film, alors celui-ci était un film comique, digne des gags les plus éculés de Buster Keaton ou de Charlie Chaplin.

L'impact a été certes violent, mais pas suffisamment pour que m'échappent les réactions de la terrasse. Entre les trente-six chandelles qui me tournaient autour, j'ai pu entendre une rumeur collective de stupéfaction, suivie de bouches et d'yeux arrondis, de rires contenus, de têtes tournées par pudeur ou pitié, c'était égal. Celle de l'inconnue était restée fixe, impassible, avec dans les sourcils, au-dessus des lunettes noires, un mouvement circonflexe que j'ai interprété comme de la compassion. C'est ce qui m'a décidé. Décidé non pas à fuir, mais à aller vers elle, le plus naturellement possible. Convaincu que le ridicule ne tue définitivement pas, c'est donc ce que j'ai fait. Après avoir récupéré tout à fait mes esprits, un peu de ma dignité et ce qu'il restait, par terre, de mes lunettes de soleil.

Tétanisée à l'idée que le clown se dirige vers elle, elle s'est aussitôt plongée dans son écran de smartphone. Trop tard, le comique de service était là, debout devant sa table. Et c'était bien à elle qu'il s'adressait. Je n'avais pas une seconde à perdre.
   — Excusez-moi, mais... vous êtes Nathalie ?
   Elle a levé les yeux du smartphone. J'ai porté l'estocade.

— ... Nathalie Perroudot ?

D'abord surprise, elle a souri, intriguée.

— Oui... enfin, c'était mon nom de jeune fille, a-t-elle simplement répondu en enlevant ses lunettes.

Même sans confirmation, je l'aurais deviné. Les yeux, ça ne trompe pas. J'en ai bafouillé.

— Pardon... on était ensemble en 7ᵉ... avec madame Berger... Je m'appelle François... François d'Epenoux... je t'ai... enfin, je vous ai reconnue, c'est pour ça que...

J'ai montré le poteau, piteusement. Elle a souri de nouveau, en découvrant cette fois ses belles dents blanches. Tout m'est remonté d'un coup. J'avais quarante-cinq ans de moins. Elle a enfin tombé le masque.

— Mais oui, je me souviens... tu étais à deux places derrière... ça alors... c'est drôle... Assieds-toi... tu as cinq minutes ?

Toujours plus malin, j'ai fait semblant de regarder ma montre.

— Oui, oui, ça va aller... j'ai un rendez-vous, mais plus tard (n'importe quoi)... C'est dingue, tu n'as pas changé... c'est pour ça... je t'ai tout de suite reconnue, quoi.

— C'est faux, mais c'est gentil... Je t'offre un verre ?

— De lunettes ?

Victoire, elle a encore souri en regardant mes Ray-Ban en morceaux. Je lui ai alors désigné ma Leffe, arrivée sur la table que j'avais quittée l'instant d'avant.

— J'étais assis là-bas, j'avais commandé une bière... je vais la chercher, j'arrive.

— OK.

Revenu avec ma bière, je me suis assis, j'ai bu une gorgée pour me remettre de mes émotions, en prenant garde de ne pas me faire une moustache de mousse avant de reposer ma chope – les grands comiques savent s'arrêter à temps. C'est vrai qu'elle n'avait pas changé. Mêmes yeux en amande, même sourire ravageur, mêmes reflets dans ses cheveux bruns... à peine quelques petits rayons de soleil au coin des yeux, et encore.

Tandis qu'elle avalait un deuxième café, nous avons parlé pendant à peu près une demi-heure – trente-deux minutes, pour être précis. Autant dire trente-deux fois plus longtemps que pendant toute l'année scolaire que nous avions partagée. Pêle-mêle, nous avons évoqué madame Berger, sa ceinture inimitable, ses boucles Babyliss, la cour de récré, l'odeur de la cantine, la directrice qui nous faisait peur, des noms revenus du passé, d'anciens élèves qu'elle avait croisés par hasard, un peu comme sur cette terrasse, des amis dont elle avait eu des nouvelles... Elle dirigeait une petite boîte de pub, mariée, deux enfants... elle habitait dans le 15ᵉ... ça avait l'air d'aller... Soudain, son visage s'est rembruni, comme si, après cette parenthèse, elle revenait dans le réel. Elle a regardé sa montre, mais pour de vraies raisons.

— François, c'était vraiment un plaisir de te voir... d'évoquer tous ces souvenirs... mais il faut que j'y aille... je suis désolée...

Elle a dit ça un peu brutalement, presque malgré elle. Un voile de tristesse est tombé sur ses yeux.

— Rien de grave ?

— Si... on peut dire que si... des papiers pas drôles à faire, avec le notaire...

— Ah, je vois... de la paperasse... Moi aussi, quand j'ai acheté mon appart, ça a été...

Elle a posé sa main sur la mienne et ça m'a fait tout drôle.

— C'est plus que ça...

J'ai cru qu'elle allait remettre ses lunettes pour cacher ses yeux rouges.

— À toi je peux le dire... ce sont mes parents. Ils sont morts il y a trois semaines. Tous les deux.

Elle a bu une derrière gorgée de café puis a ajouté, comme pour répondre à mon regard interrogatif :

— Accident de voiture.

Elle a alors fixé longuement mes yeux. C'est idiot, mais je me suis senti coupable. Avant qu'elle ne décèle mon trouble, je me suis levé. C'est peu dire que cette nouvelle abrupte, suivie de cet étrange silence, a précipité notre séparation. Au moins, jusqu'au soir de cette journée, m'était-il permis d'affirmer sans mentir qu'avec Nathalie, nous venions de nous séparer.

Je n'en ai pas eu l'occasion. Elle a disparu au coin de la rue. C'est là que, pour la dernière fois, j'ai vu mon tout premier amour.

Alexandra LAPIERRE

Le Correspondant autrichien

Alexandra Lapierre est l'une des seules romancières françaises à enquêter sur le terrain. Pour redonner vie à ses personnages, elle les suit à la trace sur tous les lieux de leurs incroyables aventures, s'imprégnant des couleurs, des odeurs, et fouillant les bibliothèques du monde entier. Elle a reçu de nombreuses récompenses dont, entre autres, le Grand Prix des Lectrices *ELLE* pour *Fanny Stevenson*, le Prix *Historia* pour *Je te vois reine des quatre parties du monde*, ou encore le Grand Prix de l'héroïne *Madame Figaro* pour *Moura : la mémoire incendiée*. *Avec toute ma colère* est son dernier ouvrage publié aux Éditions Flammarion.

Mon premier amour, ma première défaite. Quand j'y pense aujourd'hui, je me dis que ma carrière, mes mariages, la ville où j'habite, les gens que je vois, mes amants, mes enfants même, tous mes choix sont partis de là. Je pourrais presque dire que ma vie, ou plutôt mon destin, a vraiment basculé avec lui. Mon premier amour. Il faut dire que ce ne fut pas une petite histoire, le béguin d'un été.

J'avais environ treize ans quand tout a commencé. J'habitais seule avec ma mère au Mourillon, le quartier bourgeois sur les hauteurs de Toulon. Elle louait un minuscule deux pièces au rez-de-chaussée d'une villa construite à la fin du XIXe siècle par une famille d'armateurs, une villa qui avait dû être belle, mais que ses cinq propriétaires laissaient s'effondrer. Ils en avaient hérité, s'affrontaient dans d'interminables procès et préféraient rester dans l'indivision plutôt que de se céder mutuellement leurs parts. Aucun d'entre eux ne voulait ni vendre ni entretenir la maison. Résultat, cette villa, c'était la jungle, car nul n'y pénétrait jamais. Ma mère et moi n'avions pas le droit de profiter du jardin, si plein d'acanthes et de ronces que, de toute façon, on ne pouvait pas le traverser. Pas le droit de jouir de la piscine dont l'eau était devenue si glauque et si verte que, de toute façon, on ne pouvait pas s'y baigner. Pas le droit, bien sûr, de prendre nos aises sur la grande terrasse de l'étage, dont la balustrade de toute façon s'écroulait. Quant à l'idée d'aller se prélasser dans ce qui avait été le salon, l'envie ne nous en venait pas : les meubles étaient trop sales, l'atmosphère trop sinistre ! Nous nous contentions donc de ce qui avait été le logement du personnel, un petit appartement sans vue, qui donnait sur une arrière-cour pleine de moustiques. Aux yeux du voisinage, nous passions d'ailleurs pour les gardiennes du lieu et non pour ses locataires. Je dis cela car le quartier comptait plusieurs de ces demeures roses et blanches scandées d'oculus, de bustes et de tourelles du XIXe siècle, qu'habitaient des gens bien plus riches que nous... Des Parisiens pour la plupart, qui ne les occupaient que lors des week-ends de mai et les vacances d'été. Mais aussi des Toulonnais de souche, catholiques et bien-pensants, qui ne se fréquentaient qu'entre eux et répétaient, depuis des lustres, la même éducation pour leurs enfants. Une éducation bourgeoise, telle qu'elle se pratiquait dans les générations précédentes. Une manne pour ma mère. Elle était flûtiste de profession, mais les concerts de musique classique se montaient de plus en plus rarement dans le Midi. Elle gagnait donc sa vie comme professeur de piano. Au fil des ans, elle s'était constitué une petite clientèle, passant d'un élève à l'autre au gré des initiations et des abandons. En général, elle ne sévissait guère plus de deux ans dans la même famille, ses cours s'interrompant brutalement avec une révolte : le refus du garçon ou de la fille de continuer le piano. C'était toujours la même histoire à l'adolescence. Elle proposait alors d'essayer la flûte traversière, qu'elle-même préférait. Ou la flûte à bec. Ou le flageolet, pour les moins doués. Les parents négociaient le passage d'un instrument à l'autre, mais la tentative échouait chaque fois. Et ma mère repartait en campagne, chassant l'élève d'autres maisons. Pour ma part, j'adorais la suivre lors de ses leçons du mercredi, et l'attendre, assise sur les marches des hauts perrons qui surplombaient la rade de Toulon. De là, je me laissais fasciner par les voiles des régates qui tachetaient de points blancs la mer couleur saphir, par les monstrueux croiseurs gris dont les beuglements ébranlaient les montagnes, et par les ferries jaunes voguant en silence, lourdement, vers la Corse.

Pour jouir de ce spectacle, j'avais élu la maison mitoyenne de la nôtre, un peu plus haut dans la pente, une maison du XIXe siècle elle aussi, rose, avec un nom sans imagination : « Les Glycines », à cause des fleurs violettes qui masquaient son portail. Cette maison-là avait une vue à cent quatre-vingt degrés, car on y avait coupé tous les grands arbres qui, chez nous, cachait la mer. Elle était à mes yeux l'incarnation idéale de toutes les autres villas. D'abord, elle donnait sur un jardin en espalier dont les trois restanques disparaissaient sous les figuiers, une cascade de troncs tordus et de grandes feuilles vertes dont j'adorais l'odeur. Ensuite le perron n'était pas un perron mais un escalier à double révolution, qui conduisait à une véranda aux carreaux teintés, comme les éclats d'un kaléidoscope. Enfin, il y avait ces étranges balustres à la terrasse de l'étage en céramique vernissée, d'un violet très pâle qui reprenait le ton des glycines et semblait noyer toute la maison sous les fleurs.

Mon premier amour fut donc cette maison. Mais pas ses habitants. Un gros garçon du nom de Mikaël, un peu plus âgé que moi – il pouvait avoir quinze ans – mais tellement boutonneux et moche, tellement brut de décoffrage et immature qu'il me faisait l'effet d'être un bébé vagissant. Il faut dire qu'il avait définitivement perdu ma sympathie en me faisant visiter son domaine. Il pointait chaque lieu du doigt, chaque objet, avec un « à moi » qui m'avait exaspérée : « Cette terrasse est à moi », « Cette carabine est à moi », « Ce chien est à moi », « Ce piano est à moi »… En parlant de piano, l'entendre massacrer la *Lettre à Élise* était une torture à laquelle je préférais de très loin les cris des mouettes et les piaillements des goélands sur les tuiles du toit.

Ma mère n'aimait pas non plus cet élève. Elle n'aurait probablement pas dû partager avec moi son antipathie pour ce gamin qui « possédait » Les Glycines, mais elle ne s'en privait pas et nous échangions à son propos des plaisanteries cruelles qui nous faisaient beaucoup rire.

Ma mère m'avait eue très jeune. Vingt ans. Elle était donc âgée, à l'époque, de trente-trois ans. Une minuscule jeune femme brune, les cheveux raides, coupés au carré, avec une frange bien droite au ras des sourcils. Aujourd'hui, je sais que nous nous ressemblons. Quand mes amis regardent les cadres dans les rayonnages de mon salon, ils croient me voir en photo, alors qu'il s'agit d'elle. J'ai pris conscience récemment que je suis restée coiffée comme elle, à travers les âges. Cheveux raides aux épaules, et frange. À un détail près : les coups de soleil et les

« balayages » successifs ont fait de moi, non pas une petite brune, mais une petite blonde. Quoi qu'il en soit, au seuil de l'adolescence, je voyais en elle mon inaccessible idéal.

En vérité, je pouvais, avec elle, discuter de tout. Nous nous amusions beaucoup ensemble. L'absence d'un homme entre nous (mon père n'a jamais existé dans ma vie) rendait notre intimité exclusive. Elle prenait grand soin de me protéger de ses liaisons – en admettant qu'elle en eût de régulières.

J'ai probablement connu l'un ou l'autre de ses amants, lors des dîners de copains musiciens qu'elle donnait dans notre minuscule logis, mais n'en ai rencontré aucun au petit déjeuner.

Rétrospectivement, je me dis que je ne connaissais pas le quart de la moitié de sa vraie vie, car elle était si jeune, si gaie, si jolie – bref, si sexy – que je ne vois pas comment elle n'aurait pu être que cette mère courage, besogneuse et dévouée.

Une chose était certaine : ce n'était pas aux Glycines qu'elle ou moi trouverions un amoureux. Les parents de Mikaël, et la société de Toulon qu'ils fréquentaient, nous paraissaient à l'une et à l'autre aussi rasoir et dénués de charme que leur fils. Ma mère sortait de chez eux soit hilare devant le ridicule et la prétention de cette sorte de bourgeoisie-là, soit profondément déprimée par sa médiocrité. À la lettre, ces gens ne savaient rien ! Ils allaient à la messe mais ignoraient ce qu'était un *Stabat Mater*, même un *Sanctus* ou un *Magnificat*. Quelle tristesse de constater que son travail à elle, son amour pour la musique, ses études, ses dons aboutissaient à cela : tenter de transmettre un peu de sa passion à des enfants de beaufs, bouchés à l'émeri.

Tout changea au début de l'été 1980. Je me souviens de notre conversation au sortir des Glycines, où elle venait de se faire à la fois virer pour l'année suivante et engager pour tout l'été. Le licenciement d'abord : le débile Mikaël voulait « arrêter le piano ». L'habituelle rébellion au seuil de l'adolescence. « J'en ai marre, de la musique. » Mais son correspondant autrichien, qui venait passer juillet et août au Mourillon, dans le cadre de l'échange linguistique entre Sainte-Barbe de Toulon et Saint-Hermolaus de Vienne, devait absolument poursuivre ses études de flûte et travailler dur pendant ses deux mois en France. Une condition *sine qua non* à son séjour. Poursuivre ses exercices quotidiens, notamment ses exercices de respiration, deux heures par jour, le matin et le soir.

L'organisme qui s'occupait de placer les élèves dans les familles avait déjà garanti la qualité de l'enseignement musical qu'on dispensait dans le Midi, et ma mère serait directement payée par les parents du garçon. Elle avait besoin d'argent. Elle accepta.

Si le correspondant de Mikaël était de la même aune que lui, matin et soir, tous les jours de l'été, ma pauvre mère allait déguster !

Elle donna ses deux premiers cours à l'Autrichien la veille de mon propre départ en Angleterre : un stage de danse dans un *home* d'enfants où j'étais, moi aussi, censée apprendre une langue étrangère. Nous étions trop occupées par mes bagages, mon angoisse au seuil d'une séparation, son affolement à la perspective de me laisser partir seule dans un pays inconnu pour évoquer ses séances du jour aux Glycines. Je me souviens seulement qu'elle en était revenue plutôt rassérénée. Le correspondant était un peu plus âgé que son affreux *pen friend*. Il pouvait avoir seize ans. Plus mûr. En tout cas, beaucoup plus doué. Sans comparaison, même. Il avait de l'oreille, déjà une belle technique, et une vraie détermination. Seul problème : il ne parlait pas un mot de français, elle pas un mot d'allemand, ils ne comprenaient donc rien à ce qu'ils se disaient. Autre écueil : il manquait de souffle. Elle me le décrivit comme trop grand pour son âge, bien trop maigre. Il allait devoir s'étoffer s'il voulait progresser. À ce stade, je n'en sus pas plus. Ni elle non plus.

Quand je revins fin août, le correspondant autrichien était au lit avec les oreillons. Personne n'avait le droit de l'approcher – surtout pas Mikaël : on craignait pour sa virilité –, personne sauf le médecin, la femme de ménage qui lui apportait ses repas, et ma mère.
Du fait de l'extrême fatigue du jeune homme, les cours de ma mère aux Glycines se résumaient alors à des leçons de solfège, une fois par jour. Mais plus de flûte traversière. Elle s'en désolait pour lui, car elle était très fière de ses progrès. Durant tout l'été, elle lui avait fait travailler la *Sonate en* sol *mineur* RV 58 de Vivaldi, l'*Allegro ma non presto*, qu'il devait présenter à l'automne au Conservatoire de Vienne. Pour avoir moi-même pris des cours de flûte pendant six ans avec le maître de ma mère, je savais la puissance de travail qu'une telle ambition impliquait. Un entraînement physique aussi dur que la préparation pour le marathon de New York. Aussi spirituellement exigeant qu'une entrée dans les ordres.
Ma mère disait connaître assez ce garçon pour mesurer à quel point il était déterminé à devenir un

vrai musicien. Elle me le décrivait comme son seul élève à posséder un tel don, le seul qu'elle ait jamais eu d'une telle pointure. Elle disait qu'il pourrait, en effet, faire une carrière de flûtiste professionnel. Si sa santé le lui permettait.

Gentil, en plus. Et joli garçon. Le nez aquilin, les yeux bleus, les cheveux cendrés rejetés en arrière. Une sorte de jeune Chopin. Je commençais à fantasmer... Beau. Seul. Souffrant. Malade en terre étrangère. L'incarnation du musicien romantique. Il s'appelait Franz, en plus. Comme Schubert. Comme Liszt... Comme l'un des héros du *Grand Meaulnes*.

Seulement voilà. Derrière les volets clos des Glycines, le correspondant autrichien restait invisible.

Moi-même j'avais passé un sale été. J'avais détesté toutes les minutes de mon séjour linguistique, détesté mon stage de danse, et m'étais entendue avec une autre Française pour ne rien apprendre du tout, mais rien du tout, sur aucun plan, pendant deux mois. Je rentrais donc à la maison, furieuse contre moi-même. Qu'allais-je devenir ? Je n'avais, moi, aucune vocation dans aucun domaine. Ni danseuse, ni musicienne, ni rien. De plus, en Angleterre, j'avais forci et me sentais aussi moche que Mikaël ! Un gros tas de treize ans, sans aucun avenir artistique.

Je passais donc mes derniers jours de vacances seule, à broyer du noir, errant au pied du mur plein de moucherons et de moustiques, qui séparait notre affreuse jungle du jardin enchanté des Glycines.

Ma meilleure amie n'était pas encore rentrée au Mourillon. Mes copines de classe non plus. Mécontente de moi, des autres, je montais, descendais la pente, fustigeais les pierres, les herbes et les acanthes de coups de badine rageurs, sans savoir très bien les raisons de ma colère. Mon regard filait toujours vers la même porte-fenêtre aux volets mi-clos, qui donnait sur la terrasse aux balustres vernissés... La chambre où un génie, un Franz Schubert, un Franz Liszt, un Franz de l'*Allegro ma non presto* se mourait. Je l'imaginais toussant sur son lit de souffrance. Il avait les oreillons, pas la tuberculose, mais qu'importait ? Les oreillons ne me faisaient pas rêver, la phtisie, oui. Une Dame aux camélias au masculin.

L'image du jeune Viennois aux yeux bleus, la chevelure plaquée sur le front par la fièvre, le nez aquilin pincé par la douleur, me hantait. Je ne l'avais jamais vu. Mais si seulement, si seulement j'avais pu l'approcher, le soigner, le sauver... Je m'imaginais, enjambant les balustres vernissés, entrouvrant les volets, repoussant les rideaux et lui apparaissant nimbée de soleil... pour l'aimer.

Un soir, je ne sais pourquoi, j'allai chercher mon pipeau – ce qui me restait de mes six années de flûte car, moi aussi, j'avais dit « J'abandonne ! J'en ai marre, de la musique ! » – et entonnai le seul air de Mozart que je connaissais de mémoire. Le thème de la flûte dans *La Flûte enchantée*, un thème assez simple mais qui, sur mon pipeau, tournait au massacre. Je le jouais toutefois avec toute mon âme, comme je ne l'avais peut-être jamais joué.

Quand j'eus terminé, le silence dura quelques instants. Je me tenais immobile dans le crépuscule, les jambes plus dévorées que jamais par les moustiques. Qu'attendais-je ? Qu'espérais-je ?

Soudain, de la terrasse lointaine s'échappèrent les premières notes d'une musique chaude, ronde, qui filait vers moi et m'enveloppait. Le même thème.

Mais divinement interprété... J'écoutais, médusée. Il me semblait que j'entendais la flûte de Mozart pour la première fois. J'en avais la chair de poule. Autour de moi, la chaleur du soir, les moustiques, les mouettes, les mille vibrations amoureuses de l'été qui m'oppressaient semblaient suspendus dans l'air. Je gardais les yeux écarquillés, le visage tendu vers la porte-fenêtre. Tout mon être cherchait à atteindre les rideaux parme, qu'aucun souffle ne gonflait.

La musique s'arrêta.

Il me fallut quelques secondes pour récupérer de l'émotion qui m'étreignait. Et recommençai l'air de *La Flûte enchantée*, le seul que je connaissais par cœur. Après que j'eus fini, le silence régna de nouveau. Et la flûte reprit, continuant, enchaînant une variation sur le même thème.

Je ne me souviens plus comment le miracle prit fin. Je crois qu'après la troisième ou quatrième répétition de mon air au pipeau, la flûte se tut. Là-bas, derrière les rideaux de la chambre, quelque chose ou quelqu'un nous empêchait de continuer. La fatigue ? La maladie ? Je tentai de poursuivre notre improbable duo. Cette fois, mon air resta sans écho.

Dans la nuit qui tombait, je demeurai seule au pied du mur, complètement sonnée.

Ainsi, « il » existait. Ainsi, « il » me répondait.

Ma mère m'appela pour le dîner.

À table, elle me dit que son élève allait mieux, qu'il pouvait voyager, qu'il repartait le lendemain, et qu'elle ignorait si nous le reverrions un jour au Mourillon. « Nous le reverrions » était une exagération car, pour ma part, je ne l'avais jamais vu et ne connaissais de lui que les descriptions qu'elle m'en avait faites... Et l'air de *La Flûte enchantée*. Il lui avait assuré qu'il se débrouillerait pour revenir travailler avec elle l'été prochain. Mais, à entendre ma mère, rien n'était moins sûr. Il s'était mal entendu avec Mikaël, ou plutôt pas entendu du tout. « Jepossède », comme nous appelions notre petit voisin, avait des centres d'intérêt aux antipodes des siens : Jepossède n'avait donc aucune raison de le réinviter.

Le talent de ce jeune Autrichien, et le plaisir qu'elle-même avait trouvé à le guider resteraient, disait-elle, une belle expérience. Pas plus, pas moins. Mais pour moi... Rien, absolument rien ne peut se comparer à ma frustration en apprenant son départ pour le lendemain.

En vérité, cette frustration eut des conséquences : je me remis à étudier la flûte.

Ce fut une année de passion pour la musique, j'oserais dire de passion dingue pour la flûte, car je repris mes cours avec le maître de ma mère – étudier avec elle eût été impossible – et j'enchaînai avec deux autres professeurs, qui me faisaient travailler tous les jours.

Au terme de ces douze mois d'un entraînement frénétique, je me produisis sur la scène du minithéâtre du Mourillon, lors d'une soirée de patronage. Je jouais pour ma mère, seulement pour elle et pour « lui » que j'enfermais dans le même amour, l'un des mouvements d'une sonate de Vivaldi, la gigue primesautière et rapide en *fa* majeur RV 52. Sans fausse modestie, je crois qu'elle en resta impressionnée. Je me révélais, disait-elle, l'une des jeunes filles les plus douées parmi les élèves qu'elle avait auditionnés. L'une des plus douées, oui... avec le correspondant autrichien. Nos niveaux restaient incomparables car j'avais, moi, interrompu mes études. Mais quand même ! Dire, dire, dire que j'avais voulu abandonner !

Justement, Franz lui avait écrit. Il revenait aux Glycines en juillet. Alléguant de ses progrès en français et de la qualité de l'enseignement musical qu'il recevait au Mourillon, il avait négocié auprès de ses parents son retour en France pour deux mois. En guise d'échange linguistique, Jepossède passerait l'été dans la maison de campagne de ses parents aux environs de Vienne, avec sa sœur plus jeune.

La journée du 1er juillet se passa sans que ma mère fût officiellement avertie de son arrivée. Je savais que, sur la foi de la lettre de Franz, elle avait dégagé du temps, deux leçons quotidiennes de deux heures, pendant soixante jours. Un tel rythme de travail signifiait pour elle le renoncement à toute autre activité. Elle attendait donc, avec la même impatience que moi, le coup de fil des Glycines l'engageant officiellement. Le téléphone finit par sonner au crépuscule.

Tandis que la mère de Mikaël s'entretenait avec la mienne sur les heures et le salaire, je fonçais, la flûte à la main, au pied du mur bouillonnant de chaleur. Les moucherons tournoyaient autour de mon visage, les moustiques me piquaient les jambes, je ne sentais rien, je ne voyais rien. Je gardais le regard levé vers les rideaux parme de la porte-fenêtre. Tirés toute la journée à cause du soleil, ils étaient maintenant ouverts.

Cette fois, ce fut lui qui commença.

L'Allegro ma non presto de la *Sonate en* sol *mineur* RV 58.

Trois minutes de bonheur absolu. Une cascade de sensations qui me pénétraient jusqu'à la moelle.

Sa musique me touchait physiquement, elle m'enveloppait, elle me caressait, elle m'étreignait. Elle disait combien cette année avait été une épreuve, combien son retour aux Glycines le libérait des tortures de l'absence.

Il me fallut, comme l'année dernière, plusieurs instants avant de récupérer.

Je finis par porter la flûte à ma bouche et commençai le *Largo* de la même *Sonate en* sol *mineur*. Un mouvement beaucoup plus lent et plus court qui lui disait ma fidélité, ma foi et mon amour.

Je sentais qu'il écoutait. Sa haute silhouette se profilait, immobile derrière les voilages. Une présence religieusement attentive. L'apercevais-je vraiment ? Ou bien fantasmais-je encore ? Je le voyais debout, la main droite le long du corps, la flûte à bout de bras, attendant que j'eusse terminé.

En effet, quand j'eus fini, il marqua une pause, laissa à la musique le temps de se dissoudre dans l'air du soir, et réattaqua, me répondant avec enthousiasme par une gigue d'une intense gaieté. Il disait sa joie d'être là. Son allégresse de pouvoir jouer avec moi.

Je lui répondis en répétant le même air, cette gigue en *fa* majeur que j'avais moi-même étudiée toute l'année.

Après mon morceau, le silence. J'attendis longtemps au pied du mur. Rien. Quelqu'un l'avait-il appelé ? Il avait disparu.

Qu'il me suffise de dire que nous nous livrâmes à ce petit jeu chaque soir du mois de juillet, sans jamais nous rencontrer. Et que nous travaillions toute la journée à l'intérieur, d'arrache-pied, comme deux forcenés, les morceaux que nous nous jouerions à la tombée de la nuit.

Ma mère, très consciente de ce flirt à distance, me laissait faire. Elle se gardait de tout commentaire, m'encourageant par son silence à disparaître au pied du mur. Elle se réjouissait trop de notre émulation – surtout de la mienne – pour risquer de tout gâcher par une plaisanterie ou une question. Moi-même, je ne l'interrogeais plus sur ses impressions. Je ne lui demandais pas si le correspondant autrichien avait changé... S'il était toujours aussi beau. Toujours aussi maigre, aussi pâle ? S'il portait toujours sa chevelure rejetée en arrière. Avait-il pu travailler son souffle durant cette année ? Ses problèmes de respiration étaient-ils résolus ? Comment allait sa santé ?

Elle s'enfermait quatre heures par jour avec lui aux Glycines, et je ne lui posais aucune question... Quand j'y pense, ma discrétion était étrange ! Comme était étrange son silence, après ses après-midi de travail dans la chambre aux rideaux parme. Nous étions toutes deux obsédées par « Franz » mais ne l'évoquions ni l'une ni l'autre.

Pour moi, le mystère du personnage restait total. Et, au fond, j'adorais cela, le mystère. Lui aussi, probablement, puisqu'il n'esquissait pas un geste pour faire ma connaissance.

À la mi-août, je me dis que je n'allais tout de même pas le laisser repartir sans jamais lui avoir parlé, sans jamais l'avoir vu !

Dès que j'eus formulé l'idée d'un retour chez lui, la peur de son départ m'obséda. Je devais *voir* Franz, le voir pour de bon. Plus seulement l'entendre derrière les voilages de la terrasse. Le toucher. Et même, pourquoi pas, l'étreindre. Je rêvais d'un baiser. J'avais quatorze ans et n'avais jamais embrassé personne. Je voulais que Franz me prenne dans ses bras, je voulais que Franz m'aime.

Restaient dix jours. Ma mère, que ce départ semblait elle aussi inquiéter, me l'avait dit. Dix jours.

Plus de temps à perdre.

Mais comment provoquer une rencontre, alors que nous avions pris ces habitudes de communication ?

Il ne sortait jamais, même pas pour se baigner. Il n'allait ni à la plage, ni au marché, ni même dans le jardin. Et les Glycines étaient vides.

En fait de séjour linguistique, les parents de Jepossède avaient disparu en villégiature quelque part, laissant au correspondant autrichien leur femme de ménage pour lui préparer ses repas. Il travaillait tout le jour avec ma mère, et jouait le soir avec moi. Pour le reste, il vivait seul et reclus.

Je résolus de franchir, moi, le mur ; de sauter dans le jardin des voisins ; de me poster sur l'escalier ; et de jouer carrément mon morceau sous sa fenêtre. Quand il m'aurait vue, il ne pourrait que descendre me saluer, non ? Ou me faire signe de monter. J'avais prévu de porter une robe blanche, d'un romantisme délirant, un romantisme à la mesure de notre histoire, une robe de dentelle qui m'allait bien et me rendrait immédiatement visible de la terrasse.

Le malheur voulut que, à la veille de mettre mon projet à exécution, un télégramme arriva aux Glycines : Mikaël rentrait à Toulon car la fille qui l'accueillait à Vienne, la sœur de Franz, venait de perdre son père.

Franz repartit le jour même dans sa famille.

L'année de mes quinze ans, je continuais d'étudier la flûte en forcenée, ne doutant pas que Franz reviendrait. Il occupait toute ma vie. Il incarnait mon avenir. Je rêvais de devenir une grande musicienne, de faire carrière avec lui. Le moindre de mes projets tournait autour de lui.

Il revint, en effet. Je connus la date et l'heure de son arrivée, car ma mère avait été sollicitée pour ses leçons, comme les deux années précédentes. Un cours le matin, un cours le soir. Deux heures chaque fois.

Je m'étais installée derrière le mur, dans le vieux figuier dont les branches en V offraient un siège confortable. Et surtout un poste d'observation sans pareil sur l'escalier des Glycines. Franz ne pourrait que gravir cet escalier pour entrer dans la maison. Et alors, je sauterais dans le jardin et viendrais lui souhaiter la bienvenue, en mon nom et en celui de ma mère.

Le chant des cigales emplissait l'air d'un vrombissement qui donnait envie de dormir. Bien que très excitée, je finis par somnoler. Il faisait tellement chaud !

Je fus tirée de mon hébétude par la voix de ma mère qui montait, non pas de chez nous, mais d'une restanque des Glycines. Elle parlait d'une voix saccadée que je ne lui connaissais pas. Elle semblait minuscule, à côté du jeune homme placide qui marchait à côté d'elle. Il était exactement comme je l'avais imaginé. J'avais beau ne pas voir son visage – il le gardait obstinément baissé vers ses pieds –, j'en connaissais tous les traits. Le front haut, le nez aquilin, les yeux bleus... Il tenait à la main une badine dont il fustigeait l'herbe, comme je l'avais fait deux ans plus tôt. Ma mère et lui s'arrêtèrent sur la dernière restanque, le plus loin possible de la maison. Ils semblaient vouloir se dissimuler sous les feuilles, dans l'ombre de mon figuier qui projetait ses branches au-dessus du mur.

— Je devais te parler tout de suite... Te dire... Cela ne peut continuer comme avant. Je t'ai trouvé un autre professeur.

— Pourquoi ?... Pas comme avant ?

L'accent allemand rendait le ton dur.

— Parce que, Franz, tu as dix-huit ans et moi trente.

Elle mentait : à ce stade, elle en avait trente-six.

— Et alors ? Quand j'en avais seize, est-ce que ça t'a empêchée de m'enseigner ?

— Ça ne peut pas continuer comme les autres années, répéta-t-elle obstinément. C'est impossible.

— Pourquoi impossible, maintenant ? demanda-t-il avec autant d'obstination qu'elle.

— Tu sais très bien pourquoi... Les folies de ce genre, il faut savoir y mettre un terme. La passion ne peut... Toi et moi sommes trop raisonnables pour...

Elle ne finit pas sa phrase. La badine s'était abattue sur son épaule, la fouettant du cou jusqu'au poignet. Elle ne poussa pas un cri. Elle se contenta de regarder son bras. Quant à moi, tétanisée par la peur, par l'horreur, je ne bougeai pas. Je n'avais aucune pensée, juste cette vision effroyable du bras de ma mère marqué au sang par la badine du « correspondant autrichien ».

Il ne s'excusa pas.

Ils firent demi-tour, remontant ensemble vers la maison comme si de rien n'était.

Ma mère ne tint pas parole : elle continua à lui donner ses leçons.

Quant à moi, j'arrêtai la flûte du jour au lendemain et ne touchai plus un instrument de ma vie. Elle eût beau me questionner, je restai muette sur mes raisons. Comment aurais-je pu lui dire que je savais ce qu'elle faisait quatre heures par jour, enfermée avec le correspondant autrichien ?

Tel un amant trompé qui revoit toutes les scènes de sa vie à la lumière de sa jalousie, je revoyais les trois dernières années à la lumière des ébats amoureux de ma mère.

Elle m'avait laissée croire que les sentiments qui m'avaient fait vivre, ces émotions que j'avais cru si réelles en jouant au pied du mur, cette sensualité que j'avais ressentie comme si bouleversante à travers l'opéra de Mozart et les sonates de Vivaldi, étaient la vraie vie. Mais en vérité, moi, durant ces étés surchauffés, je n'avais *rien* vécu... Rien avec Franz, rien avec elle, rien avec quiconque. Car la vie, la vraie vie, était ailleurs. Pas au pied du mur, parmi les acanthes et les moustiques. Pas avec ce pipeau ou cette flûte ridicules... Mais là-haut, derrière les volets clos des merveilleuses Glycines, dans la chambre où le professeur et son élève s'étreignaient. Le reste était un leurre.

Bizarrement, je ne lui en voulais pas de m'avoir volé mon premier amour. De cela, de « Franz », je me fichais même totalement. Mais à elle, à elle, je reprochais sa duplicité.

Elle m'avait menti, elle m'avait trahie pendant trois ans. C'était elle mon premier amour, et c'était elle qui m'avait volé ma confiance en la musique et mon adoration pour elle.

Je demandai à aller en pension et pris grand soin de ne plus passer l'été au Mourillon, alors que le correspondant autrichien s'y trouvait. Il y revint chaque année, jusqu'à mon bac. Résultat, durant mon adolescence, je vis peu ma mère. J'avais le sentiment qu'elle l'avait choisi, lui. Contre moi. Que notre complicité d'antan n'avait plus de poids. Que sa passion avait tout dévoré.

Et sans doute partageait-elle la même impression car, quand je voulus faire mon droit, elle ne tenta pas de me retenir. Elle m'encouragea au contraire à m'installer loin d'elle, et à vivre à Paris.

Entre nous, tout était consommé. Je ne lui ai jamais pardonné.

Agnès Martin-Lugand

Des lettres oubliées

Agnès Martin-Lugand est l'auteur de huit romans, tous salués par le public et la critique. Elle a conquis le cœur des lecteurs en France comme à l'étranger et est devenue en quelques années une des romancières préférées du public. Dès son premier roman, *Les gens heureux lisent et boivent du café*, elle a connu un immense succès. Son dernier ouvrage, *Nos résiliences*, a paru récemment aux Éditions Michel Lafon.

Éric m'avait envoyé un message pour m'annoncer qu'il était retenu au bureau, sans plus d'explications. Un soir supplémentaire où il ne serait pas là. Cela faisait maintenant presque une semaine, qu'il désertait le dîner familial, alors que sa fille, Louise, était avec nous pour quelques jours de vacances. Habituellement, quand elle était à la maison, il s'efforçait d'être le plus présent possible, même si, bien souvent, Éric n'avait le temps que de l'embrasser entre deux portes, lui demander des nouvelles de sa journée, avant de la regarder, attendri, filer retrouver ses amis en compagnie de mon fils, Dimitri. Mais il n'était pas dans son état normal, au point que je le suspectais de me cacher quelque chose d'important. La nuit, il tournait et virait dans notre lit, et tout portait à croire qu'il ne dormait que très peu. Le matin, il partait plus tôt que d'ordinaire, il ne me réveillait plus en me taquinant, il filait sans faire de bruit et, quand je me levais à mon tour, seule sa tasse à café vide dans l'évier m'indiquait qu'il avait été là. Le soir, quand il finissait par rentrer, certes son corps était présent, mais lui, l'homme que j'aimais, était désespérément absent, il ne parlait pas, restait plongé dans ses pensées, sans qu'aucun de nous trois arrive à l'en extraire.

Nous venions de finir de dîner avec les enfants quand la porte d'entrée claqua.

— Bonsoir, entendit-on d'une voix morne quelques minutes plus tard.

Il avança vers moi, avec le même visage fermé, préoccupé que ces derniers jours et déposa un baiser rapide sur mes lèvres.

— Ça va ? lui demandai-je, sachant pertinemment ce qu'il me rétorquerait.

— Et toi ?

Question rituelle qui n'attendait aucune réponse. Il partit fouiller dans le frigo à la recherche de quelque chose à se mettre sous la dent.

— Tu veux que je te prépare...

— Pas la peine, j'ai grignoté un truc au bureau, me répondit-il en me fuyant du regard.

Depuis quand grignotait-il quelque chose sur un coin de table ? Lui qui détestait les restes et les sandwichs ! Il décapsula une bouteille de bière et la but au goulot. En plus de cinq ans de vie commune, jamais je ne l'avais vu faire une telle chose. Éric était à cheval sur les bonnes manières, pour lui-même, pas pour les autres. Je me moquais toujours de ses petites manies. Je croisai le regard de Louise qui me demandait silencieusement « Qu'est-ce qu'il a ? », je secouai la tête, n'ayant pas plus d'éléments qu'elle. Éric s'assit sur un tabouret de l'îlot central, but une autre gorgée, les yeux dans le vague.

— Louise, Dimitri, les interpella-t-il, vous pouvez nous laisser seuls ?

Allais-je enfin savoir ce qu'il lui arrivait ? Je fis signe à mon fils de prendre les choses en main sans traîner, alors que je sentais Louise prête à riposter. Dimitri l'attira par le bras et la lança sur le film qu'ils avaient prévu de regarder. Ils disparurent.

Je m'installai en face de lui, sans qu'il réagisse. Je posai ma main sur la sienne et la caressai, pour tenter de le faire revenir à moi. Je ne voyais que la tendresse pour y parvenir. Je ne pouvais utiliser mon étourderie ou l'humour, contrairement à d'habitude.

— Mon amour, l'appelai-je doucement, que t'arrive-t-il ?

Il récupéra sa main et la passa sur son visage, comme s'il cherchait à s'extirper d'un mauvais rêve. Je croyais pourtant qu'il allait enfin s'ouvrir.

— Éric, tu commences à me faire peur. Parle-moi, je peux peut-être t'aider ? Qu'est-ce qu'il y a ? C'est le travail ?

— Non, m'arrêta-t-il, la voix rauque.

— Tes parents ? La mère de Louise ?

Il se leva et se mit à faire les cent pas, je le fixai les bras ballants, déboussolée.

— Même avec la meilleure volonté du monde, tu ne trouverais pas.

Où était l'homme que je connaissais, que j'aimais ? Certes, il manquait de spontanéité, il disait de lui-même qu'il était coincé, mais il était gai, il riait, il me charriait, il m'embrassait, m'enlaçait. Quel pouvait être le problème qui le rongeait à ce point ? Cela nous concernait-il ?

— Explique-moi, alors ! C'est insupportable, de te voir dans un tel état et de ne pas savoir pourquoi. Je veux t'aider.

— Sophia, tu dois d'abord me promettre de ne pas tout interpréter de travers.

— Tu as conscience qu'avec ce que tu me dis, j'imagine déjà le pire !

Il me regarda dans les yeux.

— Oui, mais je préfère te prévenir, je te connais, tu te montes vite la tête.

Il caressa ma joue avec son pouce, comme il l'avait toujours fait. Devais-je avoir peur ou être rassurée par ce geste ?

— Je te sers un verre ? me proposa-t-il.

— Je vais en avoir besoin ?

Il ne répondit pas et nous servit tous les deux. Il reprit sa place. J'attrapai ses mains dans les miennes et les serrai de toutes mes forces.

— Je suis là pour toi... Explique-moi.

Il prit une profonde inspiration pour se donner du courage.

— Il y a quelques jours, j'ai eu un appel d'un numéro inconnu. Tu sais comme je suis, je n'ai pas décroché, j'ai attendu de voir s'il y avait un message.

Ce fut plus fort que moi, un rire m'échappa. Dieu savait que je me fichais de lui quand je le voyais fixer son portable et qu'il refusait de répondre.

— Et alors, on t'en a laissé un ?

Il acquiesça.

— Il t'a perturbé, à première vue.

Il soupira profondément, il semblait si fatigué.

— Je n'aurais jamais imaginé que ça m'aurait bouleversé à ce point, surtout que je n'étais pas au bout de mes peines.

— Éric, il faut que tu m'en dises un peu plus, je ne comprends rien...

— Je vais te le faire écouter et je t'expliquerai après.

Il posa son téléphone entre nous deux et mit le haut-parleur. Une voix de femme, je me raidis instantanément. « Bonjour Éric... c'est Justine... C'est tellement étrange, d'entendre ta voix, même sur une messagerie, après toutes ces années. Tu dois te demander pourquoi je te donne signe de vie... J'ai retrouvé le téléphone de tes parents, ils m'ont communiqué le tien... Si tu pouvais me rappeler, j'en serais très heureuse... Éric, s'il te plaît, c'est important... Je t'embrasse. »

Je ne l'avais pas quitté des yeux le temps de ces quelques mots, les traits de son visage étaient marqués, presque douloureux. Il me fallut quelques secondes pour être capable d'ouvrir la bouche. La douceur de la voix féminine qui parlait à l'homme que j'aimais transpirait l'affection, sa façon de s'adresser à lui dégageait une intimité saisissante.

— Qui est-ce ?
— Justine...
— Mais encore ?

Il se gratta la tête, comme chaque fois qu'il était mal à l'aise. Qu'allait-il me tomber dessus ?

— Justine est... elle est... elle a été mon grand amour de jeunesse.

Son quoi ? Éric ne parlait pas de cette manière sentimentale. Je ne le reconnaissais pas. Évidemment, au moment de notre rencontre, nous avions passé l'âge de nous raconter nos premiers émois, nous étions plus sur nos mariages ratés. La tendresse de sa voix me coupa la respiration, il ne s'en rendit même pas compte, il poursuivit comme si de rien n'était, comme s'il ne réalisait pas l'effet que cela pouvait me faire. Toute gêne avait disparu chez lui, maintenant qu'il avait lâché l'information principale.

— Je n'ai pas trop compris la raison de son appel après vingt-cinq ans.

Incapable de rester en place, je bondis de mon tabouret.

— Enfin, Éric, tu es bête ou quoi ? Elle fantasme sur son premier chéri, elle doit venir de divorcer, ou alors elle est restée vieille fille et elle tente sa chance.

Ses yeux s'écarquillèrent. Je n'en revenais pas de dire des horreurs pareilles. Je ne comprenais pas cette jalousie inattendue et incontrôlable. En réalité, je ne la comprenais que trop bien. Éric n'avait jamais utilisé ce ton-là, même quand il avait pu évoquer de bons souvenirs avec son ex-femme. Là, il me parlait d'une autre, tombée du ciel comme par magie, d'un ton romantique. Elle avait été importante pour lui, très importante, c'était palpable, je n'avais pas besoin qu'il me le dise pour le saisir.

— Sophia, calme-toi s'il te plaît. J'ai tout sauf envie de m'énerver. Laisse-moi finir de t'expliquer.

On se défia du regard quelques secondes, je finis par céder.

— Très bien, vas-y.

— Justine n'a jamais été du genre à supplier, alors la raison de son appel ne pouvait pas être anodine. J'ai senti une urgence, je n'avais que trop raison.

La surprise me fit reculer.

— Attends, deux petites minutes, si je comprends bien, tu l'as rappelée ?

— Bien sûr, pourquoi je ne l'aurais pas fait ?

Je roulai des yeux, atterrée.

— Que te veut-elle, alors ?

Je prenais sur moi pour garder mon calme. C'était extrêmement compliqué d'encaisser son regard doux, sa manière de parler d'elle comme s'il ne l'avait jamais oubliée et qu'elle était bien plus qu'une amourette d'ados.

— Elle aimerait qu'on se voit pour me rendre les lettres que je lui ai écrites.

Jamais je n'aurais pu imaginer Éric écrire des lettres d'amour. Les morsures de la jalousie me rendaient de plus en plus agressive.

— Rien que ça ! Et après, tu vas me faire croire qu'elle n'a pas d'arrière-pensée…

— Parce que toi, si tu faisais ça, tu en aurais, des arrière-pensées ?

— On ne parle pas de moi ! On parle de toi ! On parle du fait que tu m'as caché des jours durant son coup de téléphone. C'est peut-être toi qui as des arrière-pensées.

Il sembla recevoir un coup de poing en plein ventre, je venais de le blesser profondément. Je regrettai immédiatement mes paroles. Il ne me laissa pas le temps de m'excuser, et rendit coup pour coup.

— Je suis tellement déçu, Sophia… Tu vois, la mère de Louise, si je lui avais parlé de Justine, aurait réagi de cette manière, comme une harpie, mauvaise et aigrie, jamais je n'aurais pu imaginer que toi, tu réagisses si bassement.

Cette fois, ce fut moi qui reçus l'uppercut. Qu'il me compare à son ex-femme me fit davantage sortir de mes gongs, alors que l'angoisse enflait en moi. Il prenait la défense de cette Justine.

— Tu veux savoir ce qui me déçoit, moi ? C'est ton innocence, tu tombes dans un piège les yeux fermés. Cette femme t'appelle et tu rappliques sans réfléchir, sans songer à moi...

Il serrait les poings pour se contenir.

— Contrairement à toi, je la connais.

— Non mais attends, tu croyais quoi ? Que j'allais applaudir en te disant que c'était mignon que ton ancienne petite copine dont tu ne m'as jamais parlé demande à te voir au plus vite ?

Il resta bête. Puis ses épaules s'affaissèrent, la colère disparut de son visage, seuls restaient l'abattement et la tristesse.

— Tu as raison sur un point, mes retrouvailles avec Justine sont tout sauf mignonnes.

Il tourna les talons et partit dans le jardin. J'attendis une heure avant qu'il rentre, en vain. Je me couchai sans l'avoir revu.

Les trois jours suivants, on n'échangea pas plus de dix mots. Je ne pouvais m'empêcher de lui en vouloir de m'avoir dissimulé cet appel si longtemps. Il ne réalisait pas que cela pouvait être dangereux de renouer avec des anciennes amours, on ne garde que les bons souvenirs, la nostalgie se charge du reste... Mais je prenais aussi conscience de ma réaction démesurée. La honte me retenait de remettre le sujet sur le tapis, je ne savais pas comment réparer mes paroles, mon manque d'écoute. Sans compter que je pressentais que la situation était autrement plus complexe. L'attitude d'Éric n'avait rien à voir avec un esprit ailleurs qui rêve à des retrouvailles amoureuses. Non, il ruminait, n'était pas loin de broyer du noir.

Ce soir-là, il rentra tôt du travail pour la première fois. J'y vis une lumière... et profitai de l'absence de Louise et Dimitri. Je ne supportais pas qu'on se fasse la tête.

— Excuse-moi pour l'autre soir, je n'aurais pas dû réagir de cette façon, mais... j'ai peur de te perdre, alors je fais n'importe quoi...

Il poussa un profond soupir de soulagement, j'avais bien fait de faire le premier pas.

— Et moi, je suis désolé de ne pas t'en avoir parlé immédiatement. J'ai aggravé les choses, j'en ai conscience... J'ai été submergé par je ne sais trop quoi... Je m'excuse aussi de ne jamais t'avoir raconté mon histoire avec elle, mais c'est parce que je n'y pensais pas. On repart de zéro ?

Je hochai la tête, il me fixait, faussement ennuyé.

— J'espère ne pas déclencher une nouvelle crise, mais j'ai eu Justine au téléphone aujourd'hui.

— Ah...

Éric eut un sourire indulgent, et caressa ma joue.

— On a prévu de prendre un café ce week-end, elle habite à une centaine de kilomètres d'ici, son mari la conduira, elle a envie de prendre l'air.

Je fronçai les sourcils, ne saisissant pas ses propos. Il répondit sans tarder à mes interrogations muettes.

— Justine est malade, gravement malade, les médecins ne savent pas si elle va s'en sortir.

Mes yeux s'ouvrirent en grand sous l'effet du choc et de la honte de ma réaction.

— Je suis désolée, Éric, bredouillai-je. Je comprends mieux pourquoi tu es bouleversé à ce point. Pourras-tu me pardonner un jour ?

— On n'en parle plus... Je suis autant fautif que toi... Et, entre nous, ton premier amour débarquerait, je ne serais pas fier.

Notre rire fut triste.

Lorsqu'on se coucha, je retrouvai ses bras.

— Elle a beaucoup compté pour toi ? chuchotai-je.

— Es-tu sûre de vouloir savoir ?

— Bien sûr, je veux te comprendre… C'est ta vie, c'est important que je connaisse tout de toi.

Dans la pénombre de notre chambre, Éric me raconta son histoire avec Justine. Ils s'étaient rencontrés à leur entrée au lycée, il ne leur avait pas fallu plus d'une minute pour tomber fous amoureux l'un de l'autre. Ils avaient été le couple star et romantique de leur établissement, cela avait continué durant leurs deux premières années à l'université. Jamais l'un sans l'autre. Ils avaient tout appris de l'amour, du désir, ils avaient grandi et fait des choix ensemble. Ils ne concevaient pas leur vie l'un sans l'autre, avec cette fougue des amours de jeunesse. Quand ils étaient séparés, ils s'écrivaient. Éric m'avoua avoir conservé les lettres de Justine lui aussi. Elles étaient au grenier au-dessus de ma tête. Jusqu'à cette semaine, Justine restait dans son jardin secret. Je ne lui en voulais plus. Je pouvais presque comprendre qu'il n'ait pas souhaité salir ce souvenir avec des jalousies d'adulte mal placées.

— Pourquoi avez-vous rompu, si c'était si fort entre vous ?

— Parce que j'ai été accepté dans une école à l'autre bout de la France et que Justine, pour ses études, ne pouvait pas déménager.

— Vous n'avez pas voulu essayer la relation à distance ?

— On est partis du principe que c'était voué à l'échec et qu'on finirait par se faire du mal. Et tout le monde nous disait qu'on devait essayer autre chose, que c'était l'occasion... On était jeunes, on n'avait connu que nous... Ce n'était déjà plus dans l'air du temps de n'avoir qu'un amour pour la vie...

— La rupture a été dure ?

— J'ai eu le sentiment de vivre la pire séparation amoureuse de toute l'histoire, et puis après j'ai été embarqué dans ma nouvelle vie d'étudiant, je me suis amusé, en pensant de moins en moins à Justine. On s'est totalement perdus de vue. On s'était dit que c'était mieux pour ne pas souffrir. Quelques années plus tard, j'ai rencontré la mère de Louise... Tu connais la suite...

— Et elle ? Tu lui as demandé ?

— Elle s'est empressée de me le dire pour que je n'imagine pas n'importe quoi...

— Je m'en suis chargée à ta place...

Il rit en me serrant plus fort contre lui.

— Elle est mariée, mère de trois enfants et très heureuse, malgré la maladie.

— Pourquoi te rendre tes lettres ?

— Elle ne veut pas que son mari ait à s'en débarrasser si jamais elle...

Je me blottis plus étroitement contre lui. Il reprit sa respiration.

— Elle a été à deux doigts de les brûler, mais elle ne s'en est pas senti le droit. Elle pense que c'est à moi de le faire.

Le reste de la semaine fut d'une normalité déroutante. Éric redevenait lui-même petit à petit, à cheval sur ses principes, pince-sans-rire, ponctuel, présent, tendre. Il profitait de sa fille, tout en s'inquiétant de ses résultats scolaires. J'aurais pu croire avoir fait un mauvais rêve si régulièrement son regard n'était pas parti dans le vide, s'il n'avait pas décroché de certaines conversations. Je ne relevai pas, ne voulant pas le charger inutilement. J'étais désormais capable de me mettre à sa place. Si mon premier amoureux m'annonçait qu'il allait mourir, je serais effondrée, alors même que l'histoire que j'avais vécue n'avait rien de comparable à celle d'Éric et de Justine. Quand il se rendait compte de ses absences, il luttait pour revenir à nous et me lançait un sourire rassurant.

Le jour de leur rendez-vous, je me réveillai l'estomac noué et, fait exceptionnel, j'ouvris les yeux en premier. Je quittai notre lit silencieusement. Arrivée dans la cuisine, j'eus le sentiment d'étouffer. La peur que notre vie ne soit plus la même dans quelques heures me tenaillait. Quelles répercussions ces retrouvailles auraient-elles sur Éric ? Se souviendrait-il de rêves de jeunesse non assouvis ? Se dirait-il en retrouvant ce grand amour qu'il s'était fourvoyé avec moi ? Que je n'étais pas celle qui le rendrait heureux jusqu'à la fin de ses jours ? La maladie de cette femme qu'il avait aimée déclencherait-elle en lui des envies de vivre qui l'éloigneraient de moi ? Cela peut être dangereux de se replonger dans son passé, dans sa jeunesse, qui plus est lorsqu'on prend conscience que la vie est fragile et que le temps passe inexorablement. On peut se dire ou réaliser qu'on a raté une partie de sa vie, que l'adolescent qu'on a été aurait honte de l'adulte qu'on est devenu. Que penserait la Sophia adolescente de la femme que je suis aujourd'hui ?

Je me préparai un café pour le boire à la fraîche dans le jardin, le soleil était tout juste levé. Il allait faire beau, ce jour-là ; j'essayai d'y puiser du réconfort, ne serait-ce qu'un brin de sérénité. La main d'Éric caressa mon épaule, je la lui attrapai pour y déposer un baiser.

— Tu es tombée du lit ?
— Désolée, je ne voulais pas te réveiller...
Il s'assit à côté de moi et me prit contre lui.
— Parle-moi, Sophia, j'ai compris combien cela doit être difficile pour toi aussi.
— Ce n'est pas pour moi que c'est dur, c'est pour toi, c'est surtout pour elle... Je n'ose imaginer ce qu'elle traverse... Mais je ne vais pas te cacher que j'ai peur qu'elle te hante, comme un fantôme... qu'elle s'immisce entre nous...
— Ce n'est pas dans ses intentions, la défendit-il. Encore moins dans les miennes, j'aime notre vie... je pensais que tu le savais...
— Bien sûr...
Le débarquement tout à fait inattendu des enfants m'interrompit. À se demander, finalement, si ce n'était pas la pleine lune qui nous avait tous empêchés de dormir !

— Vous avez quoi de prévu, aujourd'hui ? nous demanda Dimitri pendant le petit déjeuner.
Je piquai du nez, ne sachant quoi répondre ; je n'allais quand même pas dire que je comptais me ronger les ongles sur le canapé tout l'après-midi.
— J'ai retrouvé une vieille amie du lycée, leur apprit Éric.
Je relevai le visage et découvris le sien, serein et triste à la fois.

— On va prendre un café avec elle, poursuivit-il.
Je fronçai les sourcils. De quoi parlait-il ?
— J'aimerais que tu m'accompagnes, précisa-t-il à mon intention.

Éric serrait fort ma main alors que nous marchions en direction de la terrasse où ils s'étaient donné rendez-vous. Il ne parlait pas. Moi non plus. Si j'ouvrais la bouche, la reine de la gaffe serait de retour, et ce serait plus que déplacé. Il ralentit brusquement le pas.
— Elle est là, murmura-t-il.
Je cherchai dans la direction qu'il fixait. Les tables étaient toutes occupées, ne sachant pas à quoi ressemblait Justine, impossible de la découvrir. Et puis je vis une main faire un signe, la main d'une femme souriante, qui peina à se lever.
— On y va ? me proposa Éric.
— Toi oui, moi non.
Il me regarda, perplexe.
— Je veux que tu viennes, je veux te la présenter, et qu'elle te connaisse.
— D'accord, je lui dis bonjour, et ensuite je vais attendre plus loin.
— Ne t'exclus pas, Sophia.
— Cela n'a rien à voir, Éric. Vous allez parler de vos souvenirs, cela ne me concerne pas. Tu me raconteras ce que tu voudras. Profitez de ces retrouvailles, moi, j'ai toute la vie devant moi pour profiter de toi.
— Tu m'étonneras toujours...
À ma grande surprise, cette femme, qui adolescente l'avait follement aimé, se dirigea vers moi en premier. Elle attrapa mes mains dans les siennes,

un sourire radieux aux lèvres. La maladie avait déposé ses traces sur son visage, mais elle était belle. Je n'eus aucune difficulté à imaginer la jeune fille pétillante et délicate qu'elle avait été et dont Éric avait été amoureux.

— Sophia ! Comme je suis heureuse que vous soyez venue. Je suis terriblement désolée de vous mettre dans une situation pareille, alors que j'aurais été la première à piquer une crise à mon mari s'il m'avait annoncé que sa petite copine du lycée voulait le voir !

Elle avait à peine respiré entre chaque mot, sa joie de vivre m'époustoufla, sans compter sa sincérité brute, sans appel.

— Ne vous excusez pas, Justine… j'ai failli l'en empêcher, vous savez. Et j'ai piqué ma crise.

— Ça me rassure ! Vous êtes possessive, comme moi, lança-t-elle en me faisant un clin d'œil.

On éclata de rire ensemble, c'était étrange et naturel. Un raclement de gorge nous arrêta dans notre élan.

— Je peux vous laisser toutes les deux, si vous préférez ? nous dit Éric, amusé.

— Depuis quand es-tu impatient ? lui demanda Justine en riant.

Sans lâcher mes mains, elle s'approcha de lui, se hissa sur la pointe des pieds et déposa un baiser sur sa joue. Le visage d'Éric se fendit d'un sourire tendre, qui ne m'inspira aucune jalousie. Justine tangua légèrement.

— Désolée, il faut que je m'assoie, je fatigue vite, nous apprit-elle sans se départir de son sourire.

— Éric, l'appelai-je en lui tendant les mains de Justine.

Il me dit merci avec ses yeux.

— Je vous laisse en tête à tête, maintenant.

— Je ne vous chasse pas, Sophia.

— Je sais. Je suis heureuse de vous avoir rencontrée.

— Moi aussi. Mon mari est plus loin, si vous voulez de la compagnie.

— À plus tard, soufflai-je à Éric.

Il m'envoya un baiser. Je tournai les talons et m'éloignai sans me retourner. Non que j'eusse peur de les voir proches, je ne ressentais simplement pas la nécessité de les surveiller. Malgré tout, je traversai la terrasse du café un peu groggy, ne sachant trop où j'allais me mettre.

— Sophia ? m'interpella-t-on.

Un grand type se matérialisa devant moi.

— Je suis le mari de Justine. Si vous voulez vous installer avec moi...

Il m'indiqua la table derrière lui. Sans réfléchir, je m'assis, il me commanda un café, on échangea un sourire timide, et le silence se chargea de la conversation. Durant plus d'une heure, aucun de nous ne prononça un mot, ils auraient été inutiles, nous nous contentions de les regarder de loin. Ils étaient en face l'un de l'autre, ils parlaient calmement, souriants. À un moment, elle attrapa son téléphone et lui montra ce que je supposais être des photos de ses enfants, Éric fit de même et lui présenta certainement Louise. Justine tourna le visage vers moi et leva un pouce, mine enchantée. Éric lui aurait-il aussi présenté mon fils ?

Un peu après, elle fouilla dans son sac, en sortit un paquet de lettres, qu'elle lui tendit. Leurs regards se rivèrent et leurs mains s'accrochèrent quelques secondes. Lorsqu'ils se lâchèrent, Éric se leva, fit le tour de la table et l'aida à se mettre debout. Puis ils se prirent dans les bras l'un de l'autre, elle se blottit contre lui, ma respiration se coupa un bref instant. Celle de mon voisin marqua aussi un temps d'arrêt. Éric embrassa Justine sur la tempe en regardant au loin, il déglutit avec difficulté, elle ferma les paupières, sourire doux et apaisé aux lèvres. Le temps s'arrêta, ou peut-être bien qu'il remonta de plus de deux décennies l'espace de quelques secondes.

— Merci de m'avoir tenu compagnie, me dit son mari lorsqu'ils avancèrent vers nous.
— Je n'ai pas fait grand-chose !
— Si, vous l'avez rendue heureuse en laissant Éric la revoir, on compte sur les doigts de la main les petits bonheurs, en ce moment, et ça l'a soulagée d'un poids.

Ma gorge se noua à l'idée de l'épreuve que ce couple traversait.

— Je ne sais pas quoi vous dire, tout paraîtrait dérisoire.
— C'est l'intention qui compte. Au revoir.

Éric et lui échangèrent une poignée de main chaleureuse. Justine me fit un grand signe auquel je répondis. Une dernière bise entre ces deux anciens adolescents amoureux. Un dernier sourire. Un adieu. Un vrai. Et Éric me revint.

— On rentre ?

Le soir même, nous avions le droit à une soirée en amoureux, Dimitri et Louise étant partis à une fête. On cuisina tous les deux en sirotant un verre de vin rouge. Il ne fut pas question de ce qui s'était passé plus tôt dans la journée. Je n'abordais pas le sujet, persuadée qu'il fallait le laisser en parler de lui-même, si jamais il le souhaitait. Pendant que notre plat mijotait, on s'installa sur le canapé l'un contre l'autre, devant un feu de cheminée, dont le but n'était clairement pas de nous réchauffer. Là encore, je ne relevai pas, le laissant venir. Brusquement, Éric s'extirpa de sa place.

— Excuse-moi, je reviens.

Il disparut un long moment, au point que je finis par m'inquiéter. J'étais prête à partir à sa recherche dans la maison quand il arriva, deux paquets de lettres à la main. Celles de Justine, rangées dans notre grenier, avaient rejoint les siennes. Il s'agenouilla devant la flambée, la rechargea d'une bûche et fixa les flammes de longues minutes. Il inspira profondément avant d'attraper un premier paquet posé à côté de lui, il détacha le ruban qui entourait les enveloppes et entreprit de les lancer une à une dans le feu. Il répéta l'opération avec le second paquet. Tout se déroula en silence, le tremblement de ses mains, sa respiration rapide trahissaient son émotion. Il contempla son brasier jusqu'à ce qu'il ne reste que des cendres de son histoire d'amour adolescent avec Justine. Quand il se sentit prêt, il se redressa et me rejoignit sur le canapé.

— Ça va ? lui demandai-je.

— Je suis terriblement triste pour elle, son mari, ses enfants, ce n'est pas juste... Il n'y a pas de mots pour ce qu'il leur arrive... Mais je suis heureux de l'avoir revue, malgré le contexte...

— En tout cas, j'aurais appris une chose !

— Quoi donc ?

— Tu as écrit des lettres d'amour, lui répondis-je malicieusement.

Il rit de bon cœur.

— Plus sérieusement, repris-je, je peux te poser une question ?

— Je t'écoute.

— Tu as eu des regrets ?

— À quel sujet ?

— Tu as regretté de ne pas avoir essayé la relation à distance avec Justine ?

— Oui... longtemps... même du temps de ma vie avec la mère de Louise, je pensais très souvent, peut-être même trop, à Justine, je me disais que la vie aurait été belle avec elle, que j'aurais pu être moi...

— Tu ne l'as donc jamais vraiment oubliée...

— Laisse-moi finir, Sophia... Aujourd'hui, j'ai réalisé que je ne serais pas l'homme que je suis si Justine n'avait pas fait partie de ma vie. Ça ne signifie pas que j'aie des regrets, non, en réalité, je n'en ai aucun parce que je ne t'aurais peut-être, certainement même, jamais rencontrée... J'avais oublié l'existence de ses lettres jusqu'à ce qu'elle me les rappelle. Je n'avais plus jamais pensé à Justine. Parce que tu es là. Parce que tu es toi. C'est toi qui m'as fait oublier mon premier amour.

Véronique Ovaldé

Mon premier amour

Depuis le début de sa carrière littéraire, Véronique Ovaldé connaît un succès grandissant et bénéficie d'une reconnaissance critique et publique. Elle a été récompensée par le Prix France Culture / *Télérama* pour *Et mon cœur transparent*, et du Prix Renaudot des lycéens, du Prix France Télévisions et du Grand Prix des lectrices *ELLE* pour *Ce que je sais de Vera Candida*. Son dernier ouvrage, *Personne n'a peur des gens qui sourient*, a paru aux Éditions Flammarion.

Il est le seul que j'aie voulu épouser.

J'étais alors un tout petit poisson dans une boîte en carton. Avec de minuscules poumons, une malformation à la trompe d'Eustache, de grands yeux perpétuellement humides, et des doigts lisses reliés entre eux par une membrane translucide et solide comme une aile de chauve-souris. J'étais un tout petit poisson aux doigts palmés.

Et lui il était immense. Je me souviens de sa peau et de la cicatrice sur son épaule qui venait d'un vaccin raté ou d'une blessure ou de je ne sais quoi, c'était une cicatrice comme une brûlure, un cratère lisse au milieu de toute cette peau épaisse et brune, je me souviens de ses cheveux noirs et de ses yeux tristes et méchants, tristes puis méchants, et il fallait savoir quand l'orientation de la lumière changeait pour se sentir parée, prête à affronter les turbulences. Je me souviens de ses blagues, c'était un homme qui blaguait beaucoup, c'était un homme qui paradait, il était vantard et menteur et moqueur, je ne faisais jamais les frais de ses moqueries, il avait plein de noms pour moi, j'en avais plein pour lui, il m'appelait Bernadette Soubirou, Albertine Sarrazin,

Poitrine de vélo. Quand ça s'est gâté plus tard, il m'appelait charogne, mais au début c'était merveilleux, il m'emmenait partout, moi dans ma boîte en carton, et lui si parfaitement exclusif, il me posait à côté de lui dans sa voiture, ou dans l'herbe au bord de l'eau, sur une couverture, pour faire la sieste, j'attendais qu'il s'endorme, je ne m'endormais jamais, je dessinais dans le ciel, allongée sur le dos, moi je l'appelais Romuald, il ne s'appelait pas Romuald.

Ça ne me gênait pas qu'il soit déjà marié. C'était moi qu'il préférait.

Je manquais d'air. Il me donnait de l'air. Et je lui donnais le mien. Nous nous aimions absolument. Il me faisait un peu peur. Mais j'ai toujours été la reine de l'esquive. Et je savais y faire.

Je me souviens de sa femme. Je ne voulais pas devenir comme sa femme. Elle était douce et tendre et terrifiée. Elle était aussi blonde que j'étais brune. Tout était évanescent et bleu et clair chez elle. Elle était aussi amoureuse de lui que je l'étais.

Lui, il savait me faire me sentir unique, « Tu ne vas pas devenir comme les autres, hein », et moi je savais le neutraliser, il suffisait de l'apaiser, ce n'était pas très compliqué, c'était un homme si intranquille, il était de ces hommes qui déteste qu'on les surprenne, qu'on arrive derrière eux sans faire de bruit. Il sursautait et gueulait, « Préviens quand tu débarques », comme s'il avait fait la guerre, comme s'il avait peur d'une embuscade, peur de ne pas avoir été prêt, peur d'avoir été distrait, peur d'être attaqué et de ne pas réagir assez vite avec son M16. De peur que des attaques, un fil piège, une mine, un enlèvement. Il avait fait la guerre, d'ailleurs. Il en gardait un reliquat de paludisme, des serpents dans du formol à la cave, et une grande colère. La majeure partie du temps il suffisait seulement de s'assurer qu'il ne se mette pas en colère.

    Je crois qu'il était cinglé. J'ai cessé de vouloir l'épouser quand j'avais cinq ans. Je suis restée un tout petit poisson dans une boîte en carton. Je me suis accommodée du manque d'air, je me suis adaptée au manque d'air, j'ai hésité à foutre le feu à la boîte, à la manger pour la recracher, puis à lui sauter à la gorge la nuit pour qu'il cesse de me tourmenter, mais en fait non, je me suis faufilée par une toute petite brèche, c'est moi qui creuse le mur de ma cellule à la petite cuillère derrière le poster de Rita Hayworth, j'étais encore patiente à ce moment-là, je ne le suis plus, c'est une question de temps qui reste, bien entendu, j'ai attendu la brèche, j'ai su attendre la brèche, j'ai agrandi la brèche et il n'y avait plus qu'à partir frayer avec les grands poissons.

Romain PUÉRTOLAS

L'Amour volé

Romain Puértolas a fait une entrée fracassante en littérature car son premier roman, *L'extraordinaire voyage du fakir qui était resté coincé dans une armoire Ikea*, paru aux Éditions Le Dilettante, a été encensé par la presse et le public, et récompensé par le Prix Révélation de la Rentrée Littéraire. Depuis, son succès ne se dément pas. Son dernier ouvrage, *La Police des fleurs, des arbres et des forêts*, a paru aux Éditions Albin Michel.

Jeudi 10 août 1911

— Je vais y aller, Lisa. Mais je reviens demain. Comme tous les jours, ma chérie. D'accord ?

Elle le regarda de ses yeux rieurs sans rien dire. Elle semblait perdue dans des contrées lointaines. Il était debout devant elle, mais ce n'était pas lui qu'elle voyait. Elle voyait à travers lui, comme s'il eût été transparent, invisible. C'était d'une ironie à en mourir, Vincenzo était vitrier de profession, et celle qu'il aimait le voyait comme une vitre.

Ce sentiment lui déchirait toujours l'âme. Alors le jeune homme s'imaginait des choses pour ne pas sombrer. Il s'imaginait qu'elle le reconnaissait chaque jour qu'il lui rendait visite. Qu'elle l'aimait, qu'elle n'attendait que lui, que ses journées ne tournaient qu'autour de sa venue. Les dix minutes qu'il prenait chaque jour pour aller la voir étaient meublées d'une conversation qu'il était le seul à animer. Un triste monologue qui le remplissait tout de même de joie et d'espoir. Lisa, immobile et silencieuse, le regardait s'agiter devant elle, lui raconter ses dernières aventures, dont il exagérait toujours l'importance.

Vincenzo tentait de percer ce visage, allait au-delà, pénétrait sa conscience et la retrouvait telle qu'il l'aimait.

Dans un éclair de lucidité passagère, il se demanda comment on pouvait être à ce point amoureux d'une personne qui vous regarde mais ne pense rien, d'une personne qui ne peut tomber amoureuse, qui ne ressent rien, qui ne vous reconnaît pas, ne vous parle pas, ne vous répond pas quand vous lui posez une question, ne sait même pas quel jour nous sommes. Vincenzo était jeune et il aurait pu aimer et rendre heureuse n'importe quelle femme, mais c'était elle qu'il voulait. Elle avec son âge. C'était peut-être de l'amour à sens unique, mais il avait assez d'amour pour deux, assez d'amour pour ne plus rien attendre d'elle en retour.

— Je vais y aller, Lisa. Mais je reviens demain. Comme tous les jours, ma chérie. D'accord ?

Il aurait aimé lui caresser la joue mais il n'osa pas. Il se contenta de sourire, aimant, fou d'amour. Puis il tourna les talons. Elle le regarda s'en aller sans rien dire, sans le retenir, sans le héler, sans lui dire « Je t'aime », sans lui dire « À demain ». Comme chaque fois.

En rentrant chez lui, Vincenzo continua de penser à Lisa. Elle occupait toutes ses pensées, toujours, partout. Il se prit à rêver qu'elle fût là, à la maison, avec lui. L'idée se faisait chaque jour de plus en plus obsédante. Elle l'attendrait dans le salon. Il lui raconterait sa journée de travail. Il n'espérerait rien d'elle, juste qu'elle l'écoute, juste qu'elle soit là. Ils seraient heureux. Oui, elle serait bien plus heureuse ici, avec lui, que là-bas, au milieu de tous ces inconnus. Ici, ce serait plus personnel. Il s'occuperait d'elle. Mieux que tous ces gens. Parce qu'il l'aimait, lui. Et on ne s'occupe bien des gens que lorsqu'on les aime, c'est évident. Que connaissaient-ils, eux ? Et puis, elle était italienne, comme lui. Leur destin était d'être ensemble, de retourner ensemble en Italie. Elle n'avait plus rien à voir avec Paris. Avec la France. « Je te ramènerai au pays, ma Lisa. » Cette idée se faisait de plus en plus présente dans son esprit.

Ce soir-là, en dînant d'une omelette aux morilles dans le salon, il regarda les murs nus de l'appartement, la pièce presque vide, vide d'elle, et il souffrit un peu plus. Pour retrouver un brin de moral et se sentir moins seul, il se remémora leur première rencontre. Il ne se souvenait plus du jour, de l'année, mais était-ce le plus important ? Il se souvenait du principal, ce qu'elle avait fait naître en lui. L'amour comme une belle fleur qu'il avait passé les jours suivants à arroser et voir grandir.

En ce temps-là, il travaillait comme vitrier pour la maison Gobier, qui offrait de temps en temps ses services au Louvre. Ce fut là qu'on la lui présenta. Elle portait une jolie robe noire aux manches jaunes, un châle posé négligemment sur l'épaule. Ses cheveux bruns, ondulés, coulaient de chaque côté de son visage comme deux cascades sauvages qui venaient mourir sur sa poitrine. Il n'avait jamais vu une femme aussi belle. Autant dire qu'il tomba amoureux sur le coup.

Lorsque les autres partirent, les laissant seuls, il s'arma de courage et, au lieu de s'en aller avec eux, il s'approcha d'elle. Tout le temps qu'il parla, de choses banales, si banales mon Dieu, elle le regarda sans rien dire, en souriant. Enfin, si cela était bien un sourire, à moins que ce ne fût qu'un rictus. Peut-être s'était-il fait des idées, oui, ce n'était qu'un simple rictus, un imperceptible frémissement de ses lèvres. Mais quand il eut fini, elle lui révéla son prénom, Lisa, et elle lui dit qu'elle était enchantée d'avoir fait sa connaissance. Pris d'une panique soudaine, incontrôlée, il tourna les talons et s'enfuit. Il s'en voulut toute la soirée.

Il la revit le lendemain, dans le Salon carré, sous la verrière qui projetait sur les peintures de la Renaissance vénitienne des taches noires et blanches. Il s'excusa pour son comportement de jeune premier de la veille et, afin de lui prouver qu'il était capable d'agir en homme, et non en enfant, il lui avoua ses sentiments. Elle lui sourit comme la veille, un petit air moqueur sur le visage. Il lui caressa la joue, et ce fut là le début de leur grande histoire d'amour.

Lorsqu'elle n'était pas chez des représentants, des clients privés, à l'atelier photographique, Lisa passait son temps au musée. « Il ne sera pas difficile de vous retrouver », lui avait-il dit. Et cela ne l'avait pas été.

Quand il devait venir au Louvre pour un travail particulier, il la cherchait du regard. Il feignait de prendre les dimensions d'un tableau de Véronèse pour le mettre sous verre et lui lançait des petits coups d'œil. Il voyait bien qu'elle l'observait, qu'elle n'attendait que lui, alors il allait la voir. « Vous ici ? », demandait-il en prenant un air idiot. « Quelle surprise ! », lançait-il en jouant avec son mètre pliable. Il regardait à droite, à gauche, et il l'embrassait sur les lèvres, ce qui étonnait toujours Lisa mais semblait la ravir au plus haut point. Puis ils allaient dans son atelier et ils s'aimaient, cachés du reste du monde. Ensuite, contre son gré, il la ramenait au musée. « Je passerai la semaine prochaine, lui murmurait-il au creux de l'oreille. – Je serai là », lui répondait-elle.

Vincenzo trouvait de plus en plus de prétextes pour revenir. Plusieurs tableaux du Louvre avaient été victimes de vandalisme, si bien que le musée avait décidé de protéger mille de ses œuvres les plus importantes. La mise sous verre avait été confiée à la maison Gobier. À Vincenzo, donc.

Vincenzo et Lisa faisaient ceux qui ne se connaissaient pas, entre les touristes et les peintres amateurs qui reproduisaient des tableaux au crayon à papier sur de grandes feuilles cartonnées. Ils se perdaient de vue, se cherchaient, se retrouvaient. Il adorait ce jeu.

Au détour d'un couloir, comme happé par cette apparition, Vincenzo délaissait *Les Noces de Cana* et s'approchait d'elle d'un pas qu'il jouait timide, nerveux. Tout en mesurant le temps qu'il mettrait à parcourir les quelques mètres qui le séparaient d'elle, il tournait dans son esprit la phrase qu'il lui dirait, une phrase idiote, comme chaque fois, pour la faire rire. « Vous venez souvent ici ? » Trop commun. « Nous nous sommes déjà vus. » Non, trop idiot. « Vous êtes belle. Plus belle qu'hier, comment est-ce possible ? » Oui, ça, c'était joli. Tenant la formule et ne voulant pas qu'elle lui échappe, il se frayait aussitôt un chemin dans la foule, donnait quelques coups de coude à un ou deux visiteurs qui ne faisaient pas mine de vouloir bouger, et arrivait jusqu'à elle presque essoufflé et penaud. Elle l'intimidait toujours autant. « Bonjour, ma princesse, tu es encore plus belle aujourd'hui. – Merci », lui répondait-elle avant de rougir.

Quelle grande histoire d'amour cela avait été, entre lui et Lisa !

Puis le temps avait passé. Et avec lui les drames de la vie.

Lundi 14 août 1911

— Bonjour, ma chérie, lui dit-il en la voyant. Tu es rayonnante aujourd'hui.

Elle le fixa de son regard vide. Elle semblait scruter le lointain derrière lui, le long couloir dans lequel quelques personnes en blouse blanche passaient en silence.

La rage l'envahit et, pour la première fois, il pensa à quelque chose de mal. Quelque chose de mal nécessaire pour rétablir le bien. Le bien de Lisa. Son bien à lui aussi, car il commençait à devenir fou.

— Laisse-moi un peu de temps. Bientôt, je te sortirai de cette prison. Tout sera fini, murmura-t-il pour ne pas qu'on l'entende. Je ne veux plus que tu sois ici. Je ne veux pas de cette vie pour toi, ma Lisa.

Il lui caressa la main. Elle était douce mais glaciale.

Mardi 15 août 1911

Rapidement, un plan prit forme dans l'esprit de Vincenzo. Il n'avait jamais fait d'études, ne se considérait pas intelligent, mais il était malin, très malin. Il était surtout déterminé. Et la détermination suppléé vite le manque d'intelligence.

Il retourna plusieurs fois voir Lisa, à des heures différentes de la journée, prit quelques notes sur le taux d'occupation des lieux, de fréquentation, les périodes d'activité du personnel, les pauses.

Il analysa ensuite les données et en déduisit qu'il devrait œuvrer tôt le matin, lorsque la majorité du personnel ne serait pas encore arrivée au travail.

Il était fier de lui, de son plan.

Ce furent là les jours les plus heureux car il savait que tout serait terminé sous peu, que son amour pour Lisa serait absolu. Le moment arrivait enfin. Il avait tellement souffert. Quel soulagement de savoir que tout allait s'arrêter ! Pour toujours.

Dimanche 20 août 1911

Ce fut leur dernière rencontre. Leur dernière rencontre avant d'être libres. Vincenzo savait qu'il se faisait des idées, mais il ne pouvait s'empêcher de trouver au regard de Lisa une lueur différente. Elle savait. Au plus profond d'elle, elle savait qu'elle serait bientôt délivrée. Ses yeux noirs semblaient dire : « Viens vite me chercher, mon amour, sors-moi d'ici. Partons ensemble, où tu voudras. En Italie. Nous y serons heureux. »

« Demain, ma Lisa. Demain. »

Il déposa un baiser sur ses lèvres. Ce n'était peut-être qu'un tour de son imagination, mais il la sentit frémir. Il prit cela pour un signe. Le signe qu'elle désirait tout cela aussi intensément que lui.

Lundi 21 août 1911, 06 h 00

Vincenzo souffla un grand coup, il se passa un peu d'eau sur le visage et se regarda dans le petit miroir de la salle de bains. Oui, c'était décidé, dans quelques heures, tout changerait. Il irait voir Lisa ce matin, dans une heure. Ce serait leur moment à eux deux. Pas longtemps. Mais assez pour mettre son plan à exécution.

La peur lui nouait l'estomac. Il n'avait rien dîné la veille. La peur, mais l'excitation aussi. Il allait mettre un terme à tant de souffrance.

Il se brossa les dents, laça ses chaussures et prit les clefs de son appartement dans le vide-poche posé sur la table du vestibule. Puis il jeta un dernier coup d'œil à son salon. Quand il reviendrait, tout serait différent. Demain, il serait un homme libre. Le sacrifice, la peur, le mauvais moment qu'il vivait et celui qu'il s'apprêtait à vivre en valaient la peine.

Lorsqu'il sortit, le jour était déjà en train de se lever. Il prit le bus, fut maintes fois tenté d'en descendre à l'arrêt suivant pour en prendre un autre dans le sens inverse et retourner à la maison, mais il tint bon. Il descendit du bus et entra dans le bâtiment. Son estomac lui faisait mal, le sang tambourinait à ses tempes. Il était dans un état de semi-conscience mais il ne flancha pas.

Il avait enfilé une blouse blanche semblable à celle du personnel et on le laissa entrer sans rien lui demander. Le lundi, il n'y avait aucune visite. Voilà pourquoi il avait choisi ce jour-là. Plus tranquille. Plus tranquille pour ce qu'il s'apprêtait à faire. Il longea le couloir, monta l'escalier qui menait au premier étage. Il consulta sa montre. 06 h 50. Le gros du personnel arriverait vers 07 h 00. Dix minutes, ce sera largement suffisant, se dit-il en serrant le couteau qui se trouvait au fond de la poche de sa blouse blanche.

Lundi 21 août 1911, 06 h 51

Arrivé au premier étage, Vincenzo marcha d'un pas déterminé dans le couloir qu'il avait parcouru des centaines de fois durant ces années. Il entra dans la pièce. Elle était là. Bien sûr, qu'elle était là.

Elle semblait l'attendre. Ce fut du moins ce que Vincenzo se plut à imaginer. Il savait parfaitement qu'elle ne l'attendait pas, qu'elle n'attendait personne, que, comme chaque fois, elle ne s'apercevrait même pas de sa présence, qu'il était invisible pour elle. Elle, elle était tout pour lui.

— Comment vas-tu, ma beauté ? demanda-t-il.

Il n'eut que le grésillement d'une ampoule pour réponse.

Il se retourna, jeta un coup d'œil vers la porte. Personne. Il hésita quelques secondes puis reprit espoir. Il le savait, il se laissait guider par la folie, mais n'était-ce pas se sentir vivant que de se laisser guider par la passion ?

— C'est fini, Lisa, dit-il à voix basse. Tout va aller beaucoup mieux maintenant, mon amour.

Lundi 21 août 1911, 06 h 59

Vincenzo se déplaça sur la gauche. Puis sur la droite. Il nota que Lisa le suivait du regard. Cela l'amusait, le surprenait toujours. Il y avait de l'humanité dans ce regard. De l'humanité dans cet unique geste, le seul qu'il lui connaissait. Elle devait être amusée de ce visiteur facétieux car elle affichait un petit sourire mystérieux et, pendant quelques secondes, Vincenzo crut qu'elle l'avait reconnu. Il s'approcha d'elle. Elle ne cilla pas lorsqu'il sortit son couteau et le brandit devant lui. Elle le regardait sans le voir. Il s'arma de courage. « Tout va aller beaucoup mieux, ma chérie. » Il prit une inspiration profonde, emplit ses narines et ses poumons de l'air que les grilles ventilées projetaient dans la pièce.

— Allez, s'encouragea-t-il une dernière fois.

Il se retourna de nouveau pour vérifier que personne n'entrait.

Lundi 21 août 1911, 07 h 05

Vincenzo courait comme un fou, serrant Lisa contre lui. Il sentait son cœur battre à tout rompre. On allait les attraper, on le mettrait en prison, mais peu lui importait. La police l'avait déjà arrêté deux fois pour vol, port d'arme et séjour illégal en France. Et puis plus rien ne lui importait maintenant qu'il avait presque réussi. Il la sentait dans sa main, vivante, si vivante, plus vivante que jamais. Contre sa poitrine aussi.

À sa grande surprise, il ne croisa personne dans sa course folle. Lorsqu'il arriva au niveau de la réception, il ralentit, reprit son souffle. Un gardien fumait une cigarette. L'homme le connaissait, l'avait maintes fois vu ici. Vincenzo le salua en s'efforçant d'être naturel. L'homme répondit à son geste, et tout fut fini.

En sortant dans la rue, un immense soulagement submergea Vincenzo et il fut pris d'un rire nerveux. Il serra Lisa encore plus contre lui.

— Ça y est, ma Lisa, c'est fini, tout est fini ! cria-t-il, heureux comme jamais.

Mais en réalité, tout commençait. Leur vie à deux, leur vie ensemble. Sans les autres. Sans le monde.

Elle et lui. Ils montèrent dans le premier bus qui passait. Il l'assit sur un siège et se laissa tomber sur le sien, mort de fatigue, la fatigue que la peur avait engendrée en lui.

Lundi 21 août 1911, 08 h 13

Arrivé à la maison, Vincenzo laissa ses clefs dans le vide-poche, délaça ses chaussures et se rendit dans la cuisine, assailli d'une frénésie qu'il n'avait jamais connue jusque-là. Dans un tiroir, il déposa le couteau avec lequel il avait découpé la toile. Il se rendit dans le salon, ouvrit sa blouse de vitrier, la même que celle qu'utilisait le personnel du Louvre, et en sortit Lisa. Il la déroula et la regarda, émerveillé.

— Qu'est-ce que tu es belle, mon amour !

Il attrapa le cadre à moulures dorées qu'il avait fabriqué pour l'occasion, aux exactes dimensions, y glissa la peinture et accrocha le tout au mur, au-dessus du divan.

— Maintenant que tu es enfin ici avec moi, plus personne ne nous séparera.

Vincenzo Peruggia, petit peintre en bâtiment et vitrier immigré, imagina un instant la tête que l'on ferait quand on découvrirait qu'on avait volé *La Joconde*, puis il se servit un verre d'absinthe en savourant son bonheur. Demain, ils rentreraient au pays.

Éric GIACOMETTI
&
Jacques RAVENNE

Le premier sera le dernier

Amis depuis l'adolescence, férus de symbolique et d'ésotérisme, Éric Giacometti et Jacques Ravenne ont inauguré leur collaboration littéraire en 2005 avec *Le Rituel de l'ombre*, premier opus de la série consacrée aux enquêtes du commissaire franc-maçon Antoine Marcas. Ce duo, unique, du profane et de l'initié, a vendu plus de 2 millions d'exemplaires en France et est traduit dans 18 pays. Ils ont récemment entamé l'écriture d'un nouveau cycle, *Soleil Noir*, publié aux Éditions Lattès, avec *Le Triomphe des ténèbres*, *La Nuit du mal* et *La Relique du chaos*.

Paris
Rue de Montalembert
13 mai

L'attachée de presse passa une tête dans l'entrebâillement de la porte.

— Vous êtes prêt ? Le prochain journaliste est là.

Édouard fit un geste incertain. Depuis le début de l'après-midi, il en était à son sixième entretien. Toute la presse était en train de défiler à l'hôtel Montalembert où son agent lui avait réservé une suite. Le rituel était toujours le même. Quand le journaliste entrait, il se levait et aussitôt lui racontait une anecdote.

— Ah, vous écrivez pour *Libération* ? Vous savez que c'est votre journal qui le premier a publié un article sur mon travail ? À l'époque, je l'ai fait encadrer avec la vente d'une de mes premières sculptures.

Il avait une histoire pour chaque journal, toujours parfaitement adaptée à sa sensibilité éditoriale. Le journaliste était ravi, et lui gagnait quelques minutes de répit avant le feu roulant des questions.

— Alors, dites-moi, je le fais entrer ou pas ?

Malgré son maquillage qui venait juste d'être rafraîchi, l'attachée de presse semblait éreintée. Elle s'appelait comment, déjà ? Melinda, c'est ça. « Franchement un sale boulot, pensa Édouard, mais après tout, elle est payée pour ça. Tandis que moi, pourquoi je continue à faire le guignol ? Il y a longtemps que je n'ai plus besoin de personne pour faire connaître mon travail, c'est ridicule. »

— OK, faites-le entrer. C'est quel média ?

Melinda rejeta nerveusement en arrière la mèche colorée qui lui tombait sur le front.

— C'est un influenceur. Il est très actif sur le Web. Je sais que vous détestez ces modes de communication, mais nous avons de besoin de lui. Spécialement de *lui* !

Édouard secoua discrètement la tête. Qu'est-ce qu'elle lui avait trouvé, encore ? La dernière fois, il avait dû supporter un journaliste russe, chamane autoproclamé, qui voulait à tout prix que ses statues soient inspirées par l'art sibérien. Un total délire.

— Vous comprendrez en le voyant, je vous assure.

Vaincu, Édouard hocha la tête. Le plus tôt il finirait…

— Entrez, monsieur Charon.

À ce nom, le sculpteur tiqua. Charon… Dans la mythologie grecque, c'était cet être mystérieux qui convoyait les morts dans leur périlleux voyage vers l'au-delà. Intrigué, Édouard leva les yeux. À quoi pouvait ressembler un type qui portait un nom pareil ? Sauf qu'il ne vit rien. La porte venait de s'entrouvrir, mais aucune trace de l'influenceur.

— Je suis là.

Le sculpteur abaissa le regard au niveau du canapé. Charon affichait la taille d'un enfant de huit ans et le visage d'un adulte dans la force de l'âge. Blond, une petite barbe à l'épaisseur soigneusement étudiée, le regard clair et décidé, l'influenceur semblait cultiver une parenté avec Tyrion, le picaresque seigneur nain de *Game of Thrones*.

Contrairement à son entourage, Édouard détestait cette série enivrée de violence barbare, d'humiliations fangeuses et de royal inceste.

Le sculpteur renvoya un sourire poli au clone du fils maudit des Lannister[1].

Voilà pourquoi l'attachée de presse l'avait choisi. Encore cette compassion hypocrite des communicants qui ne s'intéressaient aux minorités que pour les transformer en consommateurs potentiels.

— Asseyez-vous, monsieur Charon, dit Édouard.

— Pas besoin, je vais rester debout et puis, pour tout vous dire, je n'ai qu'une seule question à vous poser.

Le sculpteur sourit. Ce Charon, malgré son nom infernal, commençait à lui plaire.

— Dans votre exposition de la rue Visconti, une œuvre m'a profondément frappé : celle que vous avez intitulée *L'Ange perdu*. Je l'ai longuement contemplée avant de l'étudier dans votre dossier de presse...

Édouard en oublia sa lassitude. Depuis le déjeuner, on lui posait toujours les mêmes questions banales, et voilà que ce bonhomme, sorti du néant, s'intéressait au cœur de sa création.

---

1. L'une des grandes familles de la série.

— ... et je me suis dit que cette femme sculptée avait sans doute une origine très précise, qu'elle était le reflet sublimé d'une expérience qui avait dû vous marquer.

Édouard saisit le catalogue où *L'Ange perdu* était reproduit, à la page 13. En un instant, il revit celle qui lui avait servi de modèle par-delà les années. Son sourire d'adolescente, la soie inépuisable de sa peau et le fuselage doré de ses jambes.

— Vous voulez savoir ? Elle s'appelait Anaïs. Je l'ai connue sur la plage à Cabourg. J'allais entrer en terminale...

La voix du sculpteur était aussi hachée que ces phrases.

— ... C'était au mois de juillet. Je n'avais pas réussi à me faire d'amis, cet été-là. Et puis elle est arrivée, dans l'hôtel où j'étais avec mes parents. Et là, je n'ai plus vu qu'elle...

Édouard remarqua que l'influenceur venait de couper l'enregistreur de son téléphone.

— Pourquoi vous arrêtez ? Je viens pourtant de vous filer un sacré scoop !

— Justement. Trop intime. Je préfère garder ça pour moi. Être le seul à savoir que derrière la splendeur de *L'Ange perdu* se cache le sourire à jamais disparu d'Anaïs.

Au mot « disparu », le visage du sculpteur se froissa. Combien d'années s'étaient écoulées depuis cet été ? Vingt, vingt-cinq ? Qu'était devenue Anaïs ? Elle avait dû se marier, avoir des enfants, avant de divorcer, comme tout le monde... Pourquoi n'avait-il jamais cherché à savoir ce qu'elle était devenue ? Une simple recherche sur Google et... Sauf qu'il ne se rappelait plus son nom de famille.

— Monsieur Charon, annonça Édouard en se levant, sachez que votre interview a été pour moi très stimulante.

Aussitôt, l'attachée de presse entra pour raccompagner l'influenceur. D'un geste discret, elle fit bouger tous les doigts de sa main droite avant d'en isoler trois.

— Encore trois journalistes ! soupira Édouard.

Et il en oublia Anaïs.

Paris
Café Rostand
26 mai

Il n'y avait pas à dire, Melinda avait bien travaillé. L'article dans *Artpress* était parfait. Il reposa le magazine sur la table à laquelle il venait de s'asseoir, la même tous les matins. C'est là qu'il s'installait dès l'ouverture, déployait ses carnets méticuleusement numérotés et commençait à dessiner des ébauches de sculpture. Le serveur le connaissait bien et déposait un café à intervalle régulier sans l'interrompre. Édouard fixa de nouveau le magazine. Son exposition était un succès et était prévue pour circuler dans le monde entier. Un an de tournée où il allait devoir courir toutes les capitales. Bizarrement, cette notoriété ne lui procurait aucune sensation de plaisir. Depuis qu'il était internationalement reconnu, il se sentait de plus en plus étranger à son image d'artiste. Comme si c'était un autre qui devait jouer le jeu des reportages et des vernissages. Il avait surtout peur de découvrir que le sommet artistique qu'il avait atteint n'était en fait qu'un plateau aride et désolé, balayé par les vents mauvais de la solitude et de l'ennui. Pour la première fois de sa vie, il avait l'impression que, à part la maladie et la mort, plus rien désormais ne pouvait le surprendre. Édouard s'agrippa brusquement à la table, comme s'il allait tomber. S'il se laissait aller à ce genre de pensées, il était bon pour la dépression. Il fallait se reprendre, et vite.

— Monsieur, ça va ?

Il leva un regard surpris. Une jeune femme, à la table voisine, venait de l'interpeller.

— Comme je vous ai vu vous rattraper au rebord, j'ai cru que...

Édouard la regarda plus attentivement. Le visage d'une douceur d'ovale, la chevelure sagement domptée dans le dos, la jupe délicatement plissée, elle semblait sortir d'un album de photos anciennes.

— ... Non, c'était juste une crampe. Merci.

Au fond de lui-même, il était vexé. Il avait l'impression humiliante qu'elle l'avait rangé dans la catégorie de ces vieux, faibles et vacillants, dont tout le monde se devait de prendre soin. D'autorité, il saisit le bouquin qu'elle venait de poser et le retourna pour en voir le titre.

— *Belle du seigneur* de Cohen. Je croyais que les jeunes générations ne lisaient plus ?

— Je ne le lis pas, je le relis.

Édouard se rappela quand il l'avait découvert la première fois. Il en était sorti atomisé, comme si tout son être avait été volatilisé en lumière. Jamais plus un livre ne lui avait fait un tel effet.

— Peut-être que moi aussi je devrais le relire...

La fille lui tendit le livre.
— Prenez-le. J'ai d'autres exemplaires chez moi. C'est mon bouquin fétiche.

Devant la spontanéité de ce geste, il sentit quelque chose en lui de très ancien revenir à la surface, comme s'il venait d'être touché par la main invisible d'un ange.

Un geste, un sourire, avaient suffi pour le ressusciter.

La jeune femme se levait pour partir. Mais il venait de goûter à la fontaine de Jouvence, pas question de la laisser filer.

— Vous m'offrez un livre, je vous invite à déjeuner. Ça vous tente ?

Elle le regarda comme si elle le connaissait depuis toujours.

— Bien sûr. Je m'appelle Lucille.

Paris
Rue Jacob
28 mai

Du lit, il regardait les nuages jouer avec le ciel bleu. La fenêtre était entrouverte, et une douce brise entrait dans l'appartement. Des années qu'il ne s'était pas senti aussi léger. Il ramena le drap sur ses cuisses pour masquer le désir qui le reprenait. À travers le plancher de la mezzanine, il entendait Lucille prendre sa douche. Il remonta le drap plus haut. Tout s'était passé si vite. Le restaurant, le soir. Le musée, le lendemain. Et il était là, dans cette chambre d'étudiante, à compter les années qui les séparaient. Bon Dieu, plus de vingt ans ! Et pourtant, il ne se sentait pas coupable. Et d'ailleurs, de quoi ? Il n'allait pas laisser une morale périmée lui gâcher son plaisir. Au contraire, il comptait bien en reprendre. Et à foison. Il avait la sensation enfantine d'être entré dans un magasin de bonbons par effraction où tout n'était que désir et volupté. L'eau coulait toujours. Il l'imaginait en train de torsader ses cheveux sous le jet brûlant de la douche. Dire que, depuis cette nuit, il connaissait jusqu'aux parties les plus intimes de son corps... et pourtant il ne savait rien de sa vie. Elle n'avait rien dit d'elle. Sans doute intimidée par son aura d'artiste. C'était absurde. Lui, au contraire, avait envie de tout savoir d'elle. Il se leva et descendit jusqu'à son bureau. Des livres, beaucoup. Des classeurs débordants de notes. Elle étudiait quoi, déjà ? Ah oui, l'histoire. L'histoire médiévale. Il fallait qu'il l'emmène dans l'Ariège, en pays cathare, visiter ces châteaux perdus et escarpés qui semblent flotter dans les airs. Le soir, ils rentreraient dans une abbaye métamorphosée en hôtel de luxe pour faire l'amour toute la nuit. Son excitation le reprit. Il allait remonter dans la mezzanine, et quand elle le rejoindrait... Une photo posée sur le rebord du bureau attira son regard. On y voyait une jeune fille en train de sourire sur une plage encombrée de familles. Une brusque démangeaison dans la nuque le fit se raidir, comme s'il venait de mettre la main dans une fourmilière. Il saisit la photo et l'examina plus attentivement. Elle avait dû être prise avant l'apparition des smartphones. Sûrement avec un de ces appareils jetables et bon marché acheté pour l'été. Les couleurs étaient légèrement décolorées et le grain inégal.

— Tu fouilles dans mes affaires ?

Comme un adolescent pris en faute, Édouard reposa la photo.

— Non, simplement...

— Je plaisantais. Dis-moi, tu la trouves belle ?

— Qui ça ?

— Eh bien, ma mère. Sur la photo.

Le sculpteur reprit le cliché. Cette fois, sa main tremblait. Ce visage, il le connaissait. Il en était certain.

— Tu sais où cette photo a été prise ? demanda-t-il ?

— Sans doute à Cabourg. Mes grands-parents y passaient tous les étés. Une tradition familiale.

Édouard inspira profondément. Ce n'était pas possible. Une coïncidence. Ce ne pouvait être qu'une coïncidence.

— Tu en fais, une tête ! Ne me dis pas que tu trouves ma mère plus séduisante que moi ?

— Elle s'appelle comment ?

— Anaïs, pourquoi ?

Le sculpteur se leva brusquement. S'il ne partait pas à l'instant, il allait imploser de douleur sur place.

— Je dois y aller... un rendez-vous... urgent...

— Mais qu'est-ce que j'ai fait ?... Édouard... Édouard !

Comme il dévalait les marches, un hurlement le saisit qui résonna dans la cage d'escalier. Le hurlement d'un damné.

Cabourg
Le Grand Hôtel
2 juin

Il avait fini par débrancher le téléphone. La messagerie était submergée par les appels angoissés de Melinda. Mais ce n'était plus son problème. L'exposition pouvait être un succès jamais vu, les collectionneurs se battre pour acquérir ses œuvres, son portrait s'étaler en couverture des magazines, lui n'existait plus. Il regarda les papiers rageusement froissés qui jonchaient le parquet. Trois jours qu'il essayait d'écrire une lettre qu'il n'enverrait pas. Toute explication était inutile, il le savait. S'il révélait la vérité, il ne ferait que briser définitivement la vie de Lucille. Non, il n'y avait qu'une chose à faire. S'il ne pouvait revenir en arrière, il pouvait au moins tenter de réparer les choses. Il saisit le téléphone. La ligne était directe pour les clients comme lui.

— Ah, monsieur Savy, quelle exposition ! J'y suis passé hier : il n'y a déjà plus une œuvre à vendre ! D'ailleurs, avez-vous pensé à la gestion financière de ces rentrées exceptionnelles ? Il faut absolument éviter que le fisc ne spolie le fruit de votre travail. Si nous prenions rendez-vous pour étudier une stratégie de placements ?...

— J'ai déjà pris ma décision concernant les revenus de cette exposition. Je vais faire un don.

— À une organisation caritative ? Excellent ! Surtout si elle est reconnue d'utilité publique. La défiscalisation est optimale et...

— La totalité de la vente des œuvres sera reversée à une seule personne.

— Pour mettre en place une fondation ? Tout aussi excellent ! Cela permettra de réduire les frais de succession...

Édouard le coupa net :

— Ni organisation caritative, ni fondation. Un virement anonyme sur un compte en banque. Je vous fournirai les coordonnées dans quelques jours. Au revoir.

Quand il eut raccroché, le sculpteur se dirigea vers la fenêtre. Au loin, le ciel fusionnait avec la mer. Comme lui, vingt ans auparavant, quand il avait rencontré Anaïs. La lumière était d'une douceur infinie. Soudain, il pensa à la peau de Lucille et il recula de la fenêtre comme s'il avait peur qu'on le voie. Il pouvait réparer les choses, mais jamais il ne pourrait les effacer.

Paris
Rue de Nevers
7 juin

« L'exposition Savy bat tous les records ! » Charon reposa *Le Journal du dimanche* et lova sa petite taille dans le velours rouge du fauteuil Empire. Il déplia ses mains comme un pianiste qui s'échauffe et tapota des doigts le rebord du bureau. Sa marche de la victoire à lui. Il se pencha vers l'interphone qui le reliait au secrétariat.

— Faites-moi entrer Kevin et Emma.

Charon était toujours surpris par la taille de ses collaborateurs. Ils lui semblaient des géants. Surtout Kevin. À se demander comment ce type qui, depuis l'adolescence, passait sa vie assis sur une chaise à hacker des réseaux pouvait avoir autant grandi. Emma, elle, était d'une taille légèrement en dessous de la moyenne. Une nécessité, car, juchée sur des talons, elle ne devait jamais dépasser la taille de ses partenaires.

— Un seul mot à tous les deux : bravo ! lança Charon. Et d'abord à toi, Kevin. Tes informations ont été essentielles. Je ne sais comment tu as fini par retrouver cette photo...

Le geek sourit de fierté.

— C'est grâce à vous, patron. Une fois que vous avez réussi à avoir le prénom de cette Anaïs, ç'a été un jeu d'enfant. Comme j'avais l'année de son séjour à Cabourg, il n'y avait qu'à retrouver l'hôtel où elle passait ses vacances, et comme c'était le même que celui de notre futur sculpteur... Il a suffi d'un petit tour sur les registres...

— Ça ne me dit toujours pas comment tu as obtenu la photo, insista le nain.

— Encore plus simple, une fois que j'ai eu le nom de famille d'Anaïs, je l'ai inscrite sur tous les sites d'anciens élèves et d'amis autrefois. Ça a matché en trois jours ! Une copine d'enfance, ravie de la retrouver, et qui avait plein de souvenirs et de photos à partager...

Tout sourires, Charon se tourna vers Emma.

— Ce qui nous amène à toi. Le moins qu'on puisse dire, c'est que tu as joué ton rôle à la perfection.

Emma esquissa une révérence.

— Merci, patron. En revanche, la prochaine fois, trouvez-moi un bouquin moins lourd à porter. *Belle du seigneur* en grand format, dans un sac de fille, c'est une tuerie ! Et d'ailleurs, comment vous saviez que c'était son livre favori ?

— Il l'a dit dans une interview. Les artistes parlent toujours trop, précisa Charon. Et maintenant, le moment que vous attendez tous. Voilà votre part.

Il fit glisser deux enveloppes kraft sur le bureau. Kevin l'ouvrit le premier.

— Wouah ! Tant que ça ?

Le visage de Charon devint radieux.

— Eh oui, il n'y a pas à dire, un premier amour, ça rapporte...

Olivia Ruiz

Une si jolie nuit

Connue du grand public comme auteur, compositeur et interprète de chansons à la fois drôles et profondes, Olivia Ruiz vient de faire une entrée fracassante en littérature avec son premier roman, *La Commode aux tiroirs de couleurs*, paru aux Éditions Lattès. Conteuse hors pair, elle entremêle tragédies familiales et tourments de l'Histoire pour nous offrir une fresque romanesque flamboyante sur l'exil.

Le passeur les attendait. Posté au péage Saint-Jean-de-Védas, il serait le sésame de milliers de jeunes qui viendraient à sa rencontre dès que les douze coups de minuit déclareraient les délicieuses hostilités ouvertes. Ils arriveraient tantôt par vagues, tantôt au compte-gouttes, tout au long de cette nuit étoilée de septembre.

Chiens fous en quête de dépaysement, fuyards de l'establishment, ils venaient récolter les informations sur la marche à suivre pour accéder au paradis. Le passeur leur donnait un tract indiquant l'itinéraire : « Après le péage Nîmes-Ouest, suivre la nationale 113 jusqu'à Gallargues. Après la sortie du village, prendre la sixième à droite, continuer sur environ un kilomètre et demi et prendre à gauche après l'immense arbre tordu. Dès que vous croisez la maison en pierre abandonnée, droite toute. Plus qu'un kilomètre. Enjoy !!! » Et c'était aussi folklorique chaque week-end.

Anita, la gamine du groupe, était de tous les convois. Mentir à ses parents ou prendre des risques inconsidérés, rien ne pouvait l'arrêter. Pourvu que cette lueur qui incendiait les yeux canailles de Pierre quand il la regardait reste intacte...

Ils étaient quatre dans la nouvelle 106 des parents de Pierre et tous étaient grisés par la quête interdite, sublimée par la musique de Manu le Malin. Ils allaient l'écouter mixer en live ce soir dans une rave party dans la région de Nîmes.

Au volant, Pierre honorait son statut de leader. Toujours à l'initiative des sorties, désiré par les plus jolies filles, imprévisible, détonnant, intrépide. Il possédait un charisme envoûtant. Il se pâmait, fier d'avoir à ses côtés sa petite et téméraire Anita, belle gosse aux allures d'héroïne de manga, comme un accessoire de plus à sa panoplie de serial lover. Pour Anita, le tempérament volcanique de Pierre promettait un avenir chargé d'adrénaline, de découvertes, de transgression. Un horizon qui, avant qu'elle le rencontre, semblait affreusement lointain pour cette adolescente au destin programmé :

— À dix-huit ans, tu prendras un poste à l'usine, comme moi. Avec la sécurité de l'emploi, tu auras peut-être enfin l'esprit libre pour essayer de te caser ! Moi, à ton âge, mes parents s'étaient déjà arrangés pour que j'épouse ton père ! Toi, tu ne construis rien, tu ne penses qu'à papillonner !

La mère d'Anita ne savait pas que Pierre incarnait pour sa fille tous ses lendemains, ses espoirs, ses passions. Et heureusement, car sa réputation de mauvais garçon allait bien au-delà de Carcassonne.

Le cœur d'Anita s'était accroché à ce personnage comme une sangsue. Elle se sentait chanceuse qu'il l'ait choisie, parce que avec lui elle pouvait enfin regarder autour d'elle avec un grand-angle... Et puis elle aimait être bousculée, Anita, surprise, déroutée. Elle aimait ne pas se contenter de peu, penser immense, loin, et fort, même si elle n'était pas véritablement courageuse. Pierre était la porte d'entrée de quelque chose qui s'approchait de ça. Une tête brûlée admirée de tous ne pouvait la laisser indifférente. Quelle audace ! Quel entrain ! Quelle ardeur ! Quelle arrogance ! Quelle inconséquence...

Quelle conne.

Depuis huit mois, leur histoire la menait dans les méandres de l'interdit. Anita adorait ça. Elle était de nature aventureuse, depuis toujours, mais Pierre l'emmenait plus loin encore, toujours plus loin. Près de lui, elle se sentait forte, protégée. Sur son petit nuage de buvard, se berçant de la fierté d'être arrivée à le rendre fou d'elle malgré ses seize ans, la jeune femme s'épuisait à le bluffer sans cesse, entre autres par sa résistance aux produits. En dépit d'un amaigrissement certain, Anita encaissait des cocktails de plaisirs sans vaciller. Hors de question de perdre la face devant son bonhomme. Quoi qu'il en coûte.

Ils n'étaient pas de ces petits-bourgeois qui déculpabilisent un père absent en lui faisant rincer toutes leurs ardoises. Pierre était peut-être un enfant gâté, mais pour les autres, dont Anita, c'était la loi de la débrouille. Ils sautaient quelques repas du midi pour économiser leur argent de poche et dégotaient des petits boulots pour se donner l'illusion d'être indépendants. Fifi était second dans une cantine d'EHPAD le mercredi, Greg aidait régulièrement son père qui travaillait dans le bâtiment, et Anita gérait les jeux gonflables d'un camping pendant les vacances scolaires.

Avant de partir en rave, l'essentiel consistait à trouver d'excellents ecstasys à environ 60 euros les dix. Chacun se munissait de sa dizaine et, sur place, la tchatche et le dilatement des pupilles de celui qui proposait un troc faisaient le reste.

Le quatuor infernal tournait en rond depuis plus d'une heure quand il s'arrêta pour essayer de localiser la musique. C'était souvent le cas quand ils étaient perdus, ils tentaient de se laisser guider par le son, les basses surtout, qui résonnaient au loin, troublant le murmure d'une nature endormie.

— Ça vient de là-bas, ça a l'air tout près, on en prend un maintenant ?

Pierre venait de lancer les réjouissances. Avant même qu'ils soient arrivés à destination. Les mèches dans leur ventre étaient allumées. Dans trente minutes, elles feraient décoller les milliers de petites fusées pour les faire exploser dans leur cerveau. Les mâchoires serrées prouveraient le bon fonctionnement du bonbon illicite. Anita aimait tellement ça. Perdre le contrôle. Sentir ses pupilles indomptables faire des loopings dans ses yeux écarquillés au point d'avoir l'impression de voir jusqu'au bout du monde. De se sentir plus proche de son homme que jamais. Au point de se comprendre comme jamais. De s'aimer comme jamais.

L'effet le plus précieux de ces pastilles, pour Anita, c'était d'occasionner une connexion privilégiée entre Pierre et elle quand ils étaient sous leur emprise. Pour Pierre, c'était une façon de garder Anita sous son emprise à lui. Quand elle s'oubliait dans la came, elle n'exigeait rien de lui et se contentait de ses miettes en guise de pierres précieuses. Car si Pierre avait des sentiments pour elle, il chérissait sa liberté plus que qui que ce soit, plus que quoi que ce soit.

L'endroit était magique. La nuit profonde qui entourait les halos de couleur parsemait les lieux d'une douce clandestinité. Des toiles de tissu décorées de dessins psychédéliques drapaient les aires de repos, les chill-out, installés aux quatre coins du site. Ils plongeaient dans ces décors qui attrapaient leurs regards hypnotisés, vibrant au rythme d'un son frénétique. Les traits des fresques peintes se mettaient à tourner en spirales, à avancer vers eux, et changeaient de relief en permanence. Les lumières des scènes qui accueillaient les DJ mêlaient leur ballet à celui des corps, réveillant des sens insoupçonnés chez les raveurs. Les plus infimes parties de leur anatomie semblaient mises en éveil par la musique. La bande se dispersait et se retrouvait pour partager une montée ou la faire venir avec une danse, dans un climat serein et enjoué. Pierre dansait, séduisait, et surtout les faisait rire en mimant les marchands de tapis pour trouver la meilleure drogue. Il était excessivement heureux et plus que jamais inatteignable quand il sortait en teuf, emmenant son petit cercle dans un tourbillon d'énergie positive.

Tous s'émerveillaient de tout, les situations les plus glauques devenaient touchantes. Ce gamin sous acide terrassé par un monstre sorti de son imaginaire, et sa mère aussi à l'ouest que lui passant de l'eau sur son visage pour qu'il revienne. Ces deux jeunes filles dénudées riant aux éclats en se roulant dans la boue. Ce vieux dealer new age étonnamment généreux. Les rencontres les plus inattendues se faisaient, dans ces soirées. Leur état leur donnait un sentiment libérateur de confiance en la vie. Désinhibés et dopés par une irrésistible envie de communiquer, ils pouvaient endosser tous les rôles pour obtenir une meilleure pilule.

Spectatrice de ce que lui dictait son amour pour Pierre, Anita jouait au petit caïd, prête à tout pour l'impressionner. Sa façon de tout mettre en œuvre pour ne pas montrer sa fragilité pourtant si évidente la rendait absolument charmante. C'est ce qu'ils disaient d'elle quand elle n'était pas là. Anita était totalement sûre de son coup, loin de soupçonner que les trois garçons s'étaient attachés à elle parce qu'elle était gonflée mais également vulnérable.

Elle dansait devant les murs de son, perdue dans les recoins de son corps en transe, quand elle sentit une main prendre délicatement la sienne. Elle ne vit d'abord qu'une longue chevelure blonde l'entraîner vers les toilettes, et sourit à l'idée d'une nouvelle péripétie. Anita était entourée de lutins phosphorescents et de fées aux cheveux roses et aux pupilles dilatées, pourquoi s'inquiéter ?

Puis il y eut un blanc. Ou un trou noir peut-être, suivi de quelque chose qui ressemblerait à un réveil brutal. Juste à temps. La blondeur électrique cachait le visage d'une sorcière technoïde, la peau crevassée, des dents clairsemées façon créneaux de la cité de Carcassonne, les ongles crasseux, et des yeux prêts à sauter hors de leurs orbites.

La femme était en train de lui faire un garrot. Le shoot était l'étape interdite, celle qu'Anita ne franchirait jamais. Le simple fait d'énoncer cet acte réveillait les débris de conscience bien enfouis au fond d'elle. Le sida, la dépendance, la décrépitude, voilà ce qu'évoquait la piqûre chez Anita, qui pourtant banalisait tout le reste. Cette vision d'horreur la ramena brusquement à la réalité et au glauque de la situation. Anita arracha d'un geste le morceau de caoutchouc et quitta les toilettes en courant, prise de panique.

Il lui sembla traverser des jours et des nuits de détresse avant de retrouver Pierre. Dans ses bras, les mots pour raconter sa peur ne parvenaient pas à franchir le seuil de ses lèvres. Tout se mélangeait. Dans sa tête comme dans sa bouche. L'égoïsme de Pierre avait ses limites, contrairement à son inconscience. Il lui proposa, enveloppant, d'aller faire un tour en voiture, juste tous les deux. Il ne s'inquiéta qu'un instant, malgré l'égarement d'Anita. Rien n'était jamais grave, pour Pierre. Ou jamais bien longtemps. L'espièglerie grignota vite la compassion sur son visage, suggérant que le héros songeait déjà au charnel profit qu'il pourrait tirer de la situation.

Elle lui tint des propos irrationnels et désordonnés qu'il accueillit avec un sourire amoureux. Il était très loin. Pourtant sa réaction dédramatisa la séquence passée, diluant l'anxiété d'Anita tel du sirop dans de la limonade. Le pouvoir que Pierre avait sur ses émotions était tout-puissant. Un battement de cils, et elle pouvait tomber à la renverse. Il n'en abusait pas. Pas besoin. Trop facile pour un homme de challenges.

La voiture glissa comme sur de l'eau pour se nicher au milieu d'un champ. Ils firent l'amour tandis que le jour commençait à pointer le bout de son nez. Ce fut tendre et intense. Elle allait beaucoup mieux. Pierre lui déposa un ecstasy sur la langue et lui tendit une bouteille d'eau. Elle hésita. Elle n'hésitait jamais, pourtant. Mais la femme des toilettes occupait toujours son esprit, et l'idée de revivre un tel épisode faisait battre son cœur à toute blinde. Elle sortit la pilule de sa bouche, la plaça dans la main de Pierre.

— Allez, avec ça, tu vas repartir dans la teuf comme si rien ne s'était passé, mon p'tit amour, c'est des Footix, des Taz spécial Coupe du monde. Ils vont te mettre le sourire jusqu'aux oreilles. Et moi je ne te lâche plus.

Elle connaissait par cœur cette coquinerie éclaboussant son visage, elle présageait que Pierre comptait retourner avec elle à l'endroit où les limites disparaissent, et Anita avait tant envie de croire qu'elle n'aurait qu'à se laisser guider en toute sécurité. Elle reprit l'ecstasy repoussé.

— Tu nous prépares une douille et on y retourne ?

Elle s'attela à la tâche, cramant consciencieusement, massant la mixture, soulagée, heureuse même que sa mésaventure lui ait fait gagner un tête-à-tête avec son homme. Si seulement il n'attendait pas qu'elle aille mal pour lui offrir des moments privilégiés ! Anita supportait difficilement de n'être qu'une de plus parmi les nombreux disciples de la cour de Pierre.

Ils étaient toujours débraillés, alanguis sur la banquette arrière de la voiture. Anita était redevenue rayonnante. Son bien-être avait arrêté le temps. Ils riaient de ne pas remettre la main sur la culotte de Mademoiselle, fumaient, laissaient leurs langues s'entrelacer à leur guise, leur amour fleurir ainsi dans leurs bouches. La nature les rassérénait et les herbes hautes formaient un paravent champêtre qui préservait leur intimité. Elle aurait bien regardé le soleil égrainer ses rayons jusqu'au plein jour avec Pierre, mais son corps recommençait à demander du mouvement. Le Footix lui claquait les fesses, la suppliait pour un peu de cette musique qui allait lui donner tout son sens. Elle avait envie de réunir la bande, de vérifier qu'ils allaient bien et ne s'inquiétaient pas de leur absence, puis de continuer la fête tous les quatre, comme toujours. C'était tout ce qu'il lui manquait pour parfaire ce naïf bonheur retrouvé. Anita se rhabilla et Pierre s'installa au volant.

Un cri grave et rauque retentit. Leur plénitude explosa en lambeaux comme un ballon de baudruche. Un paysan d'une soixantaine d'années avançait vers eux en s'agitant, fusil au poing. Son arme les scrutait fixement, œil noir menaçant. Cet homme était sorti de nulle part. Les battements de cœur de Pierre accélérèrent, synchronisés au tambourinage de ceux d'Anita. Même le plus courageux des mots n'aurait osé sortir de sa bouche. Pierre lui hurla de fermer la porte. Anita vit du sang sur ses mains. Elle haletait. Elle n'avait pas mal. Tout allait trop vite. Beaucoup trop vite. Elle n'entendait plus rien que le son sec des premiers coups de feu et l'écho du ciel qui se laissait trouer sans accueillir les plombs. Mille questions tourbillonnaient dans la brume fine et se cognaient à sa tête à mesure que l'homme approchait. Elle en avait la nausée : pourquoi eux, pourquoi saignait-elle, pourquoi avait-elle accepté ce nouvel ecstasy qui la privait de ses moyens maintenant ? Y avait-il un lien avec la vieille de tout à l'heure ? Pourquoi tout le monde leur voulait-il du mal, ce soir, et qu'est-ce qui les attendait encore ?

Pierre répéta en criant :

— Ferme cette porte !

Cette phrase piqua Anita comme une aiguille s'enfonçant dans un être ensommeillé, reconnectant instantanément son corps et sa tête. Elle réagit enfin.

La voiture parvint à s'enfuir à toute vitesse vers la lumière, protégeant les jeunes tel un cocon de verre incassable. Ils regardaient la route qui semblait leur indiquer la bonne direction : « Venez, c'est ici que ça se passe ! »

Ce fut Anita qui fit exploser le silence quand leurs souffles s'allongèrent de nouveau.

— J'ai du sang sur les mains. Sur le jean aussi.

Pierre eut l'impression d'être dans un ascenseur qui se décroche du trentième étage. À ce moment, Anita regarda la banquette arrière et stoppa sa chute. La zone où s'étaient déroulés leurs ébats, précisément, était ensanglantée.

— Je crois que j'ai mes règles.

Pierre lui sourit, soulagé. Il avait retrouvé ses esprits et pensait déjà, fier, à la tête des copains quand il allait leur raconter cette histoire de fous. Il dirait que c'était « un truc de dingue, trop génial, hallucinant », et Anita acquiescerait en disant qu'il avait tout de même été héroïque.

La voiture neuve de la maman de Pierre ne le serait pas restée longtemps.

— Tes parents vont nous tuer si les taches ne partent pas.

— Mais non, t'inquiète pas, mon p'tit manga. On verra ça demain. En attendant, on partage un double Bart pour bien finir la nuit ?

Les doubles Bart sont des acides doublement dosés, comme leur nom l'indique. Anita en avait peur autant qu'elle en raffolait, mais cette proposition était celle de trop. Elle remit Anita à fleur de peau, lui rendant son expression la plus enfantine. Elle était démunie. À l'orée du bad trip. Et pour la troisième fois en cette seule nuit. Elle prit son courage à deux mains pour lâcher un « Non » timide mais décidé. Elle se sentait heurtée, meurtrie par l'offre de Pierre. Pourtant il avait vu son désarroi, sa terreur au sortir des toilettes puis dans la voiture... Pourtant il connaissait bien sa Anita, assez pour ne pas lui faire perdre à nouveau le contrôle alors qu'elle était en train de le reprendre.

Pierre comprit qu'il était allé trop loin, sans lâcher le morceau pour autant.

— Mon p'tit amour, tu n'as plus envie de délirer avec moi ?

Touchée. Coulée. Elle prit l'acide. Ils rejoignirent le hâvre de musique.

Les autres nageaient dans un bain d'extase, allongés dans un coin d'herbe derrière les murs de son. Ils n'avaient absolument pas remarqué que le couple s'était éclipsé. Heureux avec un grand H, tels des chiens qui terminent l'énorme os à moelle que leur maître leur a donné. À l'écoute des aventures de Pierre et Anita, ils éclatèrent de rire.

— Mais enfin, les amoureux, vous avez eu des hallucinations, c'est tout. On s'occupe de vous, maintenant, hein, on se quitte plus, sinon vous allez faire n'importe quoi, vous êtes trop raides.

Anita savait bien que le seul qui avait la capacité de gérer les autres, c'était Pierre. Mais comme il aimait aussi jouer les petits rois, l'idée d'être pris en main et choyé par sa cour ne lui déplaisait pas. Qu'à cela ne tienne, elle jouerait les reines pour partager le trône et la bienveillance des copains, près de son véritable protecteur.

L'aube annonçait l'étape suivante, l'after « Magic Picnic ». Les Magic Picnic étaient un peu le lieu de passage entre le rêve et la réalité, un jardin d'acclimatation, un break transitoire pour retrouver leurs esprits en douceur, ou au contraire une belle excuse pour faire durer le plaisir. Ces après-raves commençaient vers 7 heures du matin et pouvaient s'étendre jusque dans l'après-midi. Une entrée payante, environ 2 euros, donnait droit à une viennoiserie, un café et un jus d'orange. Les organisateurs permettaient ainsi aux illuminés de redescendre tranquillement avant de reprendre la route biscornue qui les guiderait jusque chez eux. Les tentes étaient plus petites, les DJ déversaient un son moins violent, et l'endroit n'était pas saccagé par les ordures comme celui qu'ils venaient de quitter. L'occasion d'une sieste improvisée plus ou moins réparatrice dans l'herbe avant le départ. L'occasion pour Anita de se lover amoureusement contre le corps athlétique de son dangereux protecteur.

Cette dernière phase fut particulièrement agréable. Anita avait emporté une grande bouteille d'eau pour le débarbouillage collectif, car la poussière soulevée toute la nuit par des milliers de danseurs se réveillait au petit matin sur leurs visages et dans leurs narines.

La toilette de petit chat finit en hilarante bataille d'eau. Elle était très à l'aise, sous un grand soleil paternel, dans la peau de la maman qui fait du camping sauvage avec ses garçons. Leur complicité fleurissait les lieux. Le vent frais délivrait délicatement l'odeur des chocolatines. Ils étaient heureux d'être ensemble, d'être amis, maintenant et pour toujours, à croquer goulûment leur jeunesse avec insouciance. Quatre jeunes adultes comme les autres. Dont deux amoureux que rien ne pouvait atteindre.

UNE SI JOLIE NUIT

La joyeuse expédition prit la route de la maison avec entrain. Tout était oublié sauf le meilleur. Ils gardaient tout de même en tête la trace de sang à nettoyer en arrivant, c'était essentiel. Anita en avait d'ailleurs un peu honte, mais rien n'aurait pu entacher le souvenir merveilleux qu'ils avaient fabriqué cette nuit-là. C'était aussi ça, la magie de ces minuscules bonbons, recouvrir leurs existences d'une épaisse couche de peinture pour faire oublier qu'en dessous le mur s'effrite.

Pierre a pris le volant, comme d'habitude, et Anita a pris soin de l'embrasser avant de se laisser happer par le sommeil à l'arrière de la voiture. Les rires ont laissé place au chant du marchand de sable, et Pierre s'est concentré sur la route. La radio a mangé leurs cassettes de techno pour cracher les nouvelles du jour.

Après cent kilomètres il y a eu un blanc. Ou un trou noir peut-être, suivi de quelque chose qui ressemblait à un réveil, au moment où l'on ouvre les yeux. Un choc.

Rambarde de sécurité droite.

Pierre se réveille.

Rambarde de sécurité gauche.

Ses yeux se referment.

Un cri.

Une sirène.

Des voix.

Des voix radiophoniques.

« Ils sont tous morts, sauf la fille. Juste des contusions. Une miraculée. »

Depuis ce jour de septembre, Anita n'a plus jamais ouvert la bouche. Ses yeux ne parlent plus non plus, ils abritent des fantômes. Elle fixe tour à tour le mur blanc de sa chambre d'adolescente et celui de l'hôpital où des médecins essaient de débloquer ce qui lui glace la tête et le cœur.

Elle est vide et translucide, rien ne fonctionne sur elle.

Miraculée ?

Non.

Morte, comme les autres.

Leïla SLIMANI

Heureux au jeu...

Leïla Slimani est une romancière remarquée dès son premier roman *Dans le jardin de l'ogre*, publié aux Éditions Gallimard, sélectionné pour le Prix de Flore. Son deuxième roman, *Chanson douce*, paru chez le même éditeur, a été récompensé par le Prix Goncourt. Engagée sur la scène politique et représentante du président Emmanuel Macron pour la francophonie, elle a aussi été présidente du Prix du Livre Inter.

À vingt-cinq ans, Albert contracta une maladie de peau qui le rendit pratiquement chauve. Son crâne se couvrit de plaques et ses bras le démangeaient au point qu'il ne pouvait pas dormir. À Rouen, le médecin qu'il consulta lui affirma que les causes de son mal étaient psychologiques. Il demanda à Albert s'il était angoissé, s'il faisait des cauchemars, s'il vivait seul. Albert confessa qu'il traversait une mauvaise passe. Il n'arrivait pas à garder un emploi, et le fait de n'avoir pas fait d'études n'arrangeait rien. Et, oui, il vivait seul, et cette solitude lui pesait. Il aurait aimé avoir quelqu'un à qui parler, une femme peut-être, mais sa timidité l'empêchait d'aller au-devant d'elles. Le médecin lui conseilla de sortir et de prendre des bains de mer. « Amusez-vous, profitez de la vie. Vingt ans de dermatologie m'ont appris une chose : rien ne vaut le bonheur pour guérir les pires lésions. »

Alors, quand son ami Jean-Noël lui proposa de l'accompagner au bal des pompiers du 13 juillet, Albert accepta. En général, il fuyait ce genre d'occasions. Il ne savait jamais quoi répondre aux questions qu'on lui posait. « C'est quoi ces boutons ? » ou :

« Qu'est-ce que tu fais dans la vie ? » Il se mettait à bégayer et se grattait les avant-bras jusqu'à ce que les manches de sa chemise soient tachées de sang. Mais ce soir-là, il était décidé à ne pas laisser sa timidité lui gâcher la vie plus longtemps. Il retrouva Jean-Noël devant le théâtre de l'Ouest. Il avait acheté une nouvelle chemise, blanche à rayures bleues, et un pantalon en coton bleu marine. Ils firent longuement la queue à l'entrée du bal et, pendant un instant, Albert pensa qu'il n'y arriverait pas. Toutes ces jolies filles, cette musique et, surtout, ces pompiers en tenue, aux épaules larges, aux sourires carnassiers, tout cela lui donnait l'impression d'être nul, fade, transparent. Jean-Noël s'en aperçut. Il connaissait Albert depuis le lycée et il savait que, quand son ami était nerveux, il se mettait à transpirer abondamment. Jean-Noël le rassura. Ils allaient boire et rire et ils rentreraient au petit matin, heureux comme des collégiens. Et puis les boissons n'étaient pas chères ici et c'était la fête nationale, bordel. Jean-Noël, qui aimait les métaphores, lui assura qu'ils étaient comme deux pêcheurs sur un lac rempli de poissons. Il fit le geste de jeter sa ligne dans l'eau et d'enrouler le moulinet comme s'il avait fait une très grosse prise.

Albert resta au bar pendant que Jean-Noël dansait. Il but du ti-punch dans des gobelets en plastique. Quand la nuit tomba, il se sentit plus calme. À la lueur des petits lampions que les pompiers avaient installés, on voyait moins les auréoles de sueur sous ses bras et les croûtes sur son crâne. La pénombre était son alliée, pensa-t-il. Une femme s'approcha du bar. Elle commanda un ti-punch et, au moment de payer, elle fouilla dans son sac. Elle ne trouvait pas son ticket et elle n'avait plus de monnaie. Elle dit au barman : « Tant pis, je reviendrai », mais Albert se précipita : « Je vous l'offre mademoiselle. C'est pour moi. » Il n'en revenait pas d'avoir eu un tel courage. La jeune femme tourna vers lui ses yeux surpris. Ses cils et ses sourcils étaient d'un blond très clair, comme ceux des albinos. Elle était petite et frêle et portait une robe beige à fleurs bleues, avec une collerette en dentelle. « Je m'appelle Laurence », dit-elle. Elle ne demanda pas à Albert ce qu'il faisait comme travail ni si les plaques sur son crâne étaient douloureuses. Ils ne dansèrent pas non plus, elle avait horreur de ça, et ses chaussures neuves lui faisaient mal aux pieds. Ils s'assirent sur des chaises en plastique, sous un lampion japonais, et ils parlèrent de tout le reste. Leur enfance, la vie ennuyeuse à Rouen, leurs envies d'ailleurs et leurs problèmes d'argent. Elle enleva ses chaussures et Albert regarda ses doigts de pied gonflés qu'elle remuait. Elle ne parvint pas à remettre ses escarpins et elle les tenait à la main quand Albert la raccompagna dans les rues vides de la ville. L'air chaud de la nuit portait vers eux les derniers échos de « I Will Survive » et les éclats de rires d'un groupe de lycéens, ivres pour la première fois.

Elle lui proposa de monter dans la chambre qu'elle louait à une retraitée et il accepta. Quand elle ouvrit la porte, elle se retourna vers lui et posa son index sur la bouche. « Madame Lemaire dort, il ne faut pas faire de bruit. » Elle lui prit la main et l'entraîna vers son lit. C'était un drôle de lit, très long, mais à peine assez large pour contenir un jeune enfant. Laurence remplit une bassine d'eau glacée et elle y plongea ses pieds. La chambre exiguë était située sous les toits et il y faisait une chaleur d'étuve. La petite fenêtre, en face du lit, était couverte de buée. Albert aimait cette moiteur, il avait la sensation de fondre, de se détendre, de nager dans un liquide tiède et rassurant. Il caressa la main de Laurence, posa sa tête sur ses genoux. Jamais il n'avait connu ce sentiment de familiarité avec un être. Il lui semblait que s'était tissé autour d'eux un de ces cocons dans lesquels les chenilles se cachent avant de devenir papillons.

Cet été-là, il vit Laurence tous les jours. En fin d'après-midi, il allait la chercher dans le magasin de vêtements où elle travaillait. Il l'attendait sur le trottoir d'en face car la patronne de Laurence était sévère et prétendait que son employée était trop distraite. Ils se promenaient ensuite dans les rues de la ville puis ils montaient dans la chambre de Laurence. Elle préparait pour le dîner des salades de tomates au gruyère ou des tartines de pâté. Le week-end, il leur arrivait de prendre le car jusqu'à Honfleur ou Houlgate, et ils marchaient sur la plage en se tenant la main. Ils regardaient les familles assises aux terrasses des cafés. Les enfants qui mangeaient avec les doigts des plats de frites et de moules. Les parents excédés qui mouchaient leurs marmots. Et ils rêvaient d'une vie comme celle-là. Albert espérait être embauché dans une imprimerie à la rentrée. Laurence voulait coudre des robes. En fin de journée, ils s'achetaient une glace à l'italienne, fraise pour lui et chocolat pour elle, et Albert pensait que, si le bonheur existait, il devait ressembler à cela. À ce silence aux parfums de fraise et de chocolat. Il avait l'impression que le monde entier était en porcelaine ou en verre très fin et qu'il lui fallait agir avec une extrême délicatesse. Un geste maladroit, un mot de trop, et le monde se fêlerait. Cela ne l'inquiétait pas. La fragilité des choses n'était pas source d'angoisse mais de joie intense. Le corps de Laurence, lui aussi, lui semblait fait de verre. Il la touchait du bout des doigts, apprenait chaque jour un peu mieux à le connaître. Il posait des baisers sur son cou. Il mesurait, avec son index, la profondeur des salières au creux de ses épaules. Il frictionnait ses jambes, qui étaient couvertes de varices, avec une crème qu'elle mettait au frigo. Un dimanche après-midi, il la raccompagna chez elle et, devant la porte, elle lui dit : « Madame Lemaire est en vacances. Tu pourrais dormir ici. »

Cette nuit-là, Albert fit l'amour pour la première fois. Il était à la fois gauche et empressé. Il ne savait pas quoi faire de ses mains, il avait peur de blesser Laurence ou, pire, de la faire rire. À l'époque du lycée, Jean-Noël avait volé à son père une cassette pornographique et il en avait montré des extraits à Albert. Les images qu'il avait aperçues l'avaient profondément choqué. Comment pouvait-on vouloir faire une chose pareille à une femme ? s'était-il demandé. La fille sur l'écran avait des seins ronds et énormes, dont la peau ressemblait à ce plastique qu'on utilise pour fabriquer des poupées. Elle était nue, de dos, le buste penché, les mains posées sur un bureau d'écolier et elle tournait son visage vers l'homme qui la pénétrait. Non, non, s'était dit Albert, si c'était ça l'amour, si c'était ça le sexe, alors ça n'était pas pour lui. Mais Laurence n'avait rien à voir avec la femme de la vidéo. Elle se déshabilla lentement et elle s'allongea sur le lit. Sur son torse maigre, sa peau était si pâle qu'il pouvait voir toutes ses veines en transparence. Il plongea en elle et elle l'accueillit.

En septembre, Laurence lui annonça qu'elle rentrait dans le Nord, chez sa mère. À la boutique de vêtements, sa période d'essai se terminait, et la patronne n'avait pas souhaité la garder. « Pas assez avenante avec les clients. » Il essaya de la retenir, timidement, sans l'effrayer, comme on parle à un oiseau qu'on voudrait faire rentrer dans sa cage. Elle dit qu'elle reviendrait peut-être ou qu'il pourrait venir la voir. Elle promit d'écrire. Et elle n'écrivit pas.

De nouveau, des plaques d'eczéma recouvrirent le corps d'Albert. La peau de sa nuque était à vif, ses pieds étaient si douloureux qu'il ne pouvait porter que des chaussures de sport trop grandes, pour éviter les frottements. Grâce à Jean-Noël, il trouva un emploi dans un pressing. Ses patrons, un couple de Pakistanais, étaient contents de lui. Ils le trouvaient appliqué et travailleur et ils appréciaient sa discrétion. Albert, lui, aimait la chaleur qui se dégageait des énormes machines à cuve où on lavait les robes et les costumes trois-pièces. Il passait ses journées dans l'arrière-boutique et ne voyait jamais les clients. Une fois, il lava une robe beige à petites fleurs qui réveilla en lui le souvenir de Laurence et du bal du 13 juillet. Il sentit, dans son cœur, un picotement. Il eut envie de voler la robe, de l'emporter chez lui et de prétendre ensuite, devant ses patrons qui lui faisaient toute confiance, qu'il n'avait aucune idée de ce qu'elle était devenue. Mais il n'en fit rien. Au contraire, il la nettoya avec un soin particulier, l'accrocha à un cintre et il la vit danser sur le présentoir automatique qu'on venait d'installer.

Au bout de dix ans, ses patrons le convoquèrent dans leur bureau. Ils lui annoncèrent qu'ils prenaient leur retraite et qu'ils allaient vendre le pressing. Ils l'assurèrent qu'ils toucheraient un mot au nouveau propriétaire pour qu'il l'embauche. Mais les acheteurs transformèrent le pressing en restaurant, et Albert refusa le poste de serveur qu'on lui proposa.

Tous les jeudis, Albert jouait au Loto. Le 13 et le 7, en souvenir du bal, le 40 pour le numéro de la rue où vivait Laurence, le 36, c'était sa pointure, le 9 pour le mois où elle l'avait quitté, et le 25 en souvenir de l'âge auquel il l'avait rencontrée. Pendant dix ans, il joua les mêmes numéros et, un soir, il les vit apparaître, un à un, sur son écran de télévision. « Nous avons un gagnant ! s'exclama la présentatrice. Quelqu'un, quelque part, est devenu millionnaire. » Albert se rendit à Paris au siège de la Française des Jeux. On l'accueillit avec tous les égards dus à son rang de vainqueur. On lui offrit un énorme chèque en carton sur lequel figurait, en chiffres et en lettres, la somme de 7 millions d'euros. « C'est pour le symbole, lui expliqua le salarié de la Française des Jeux. L'argent, le vrai, est déjà sur votre compte en banque. » L'homme lui demanda ce qu'il comptait faire à présent. S'acheter une voiture de luxe ? Une maison ? Mettre à l'abri ses enfants ? Il lui expliqua qu'il pouvait bénéficier d'une aide psychologique. « Quand on gagne une telle somme, on peut se sentir déboussolé. Les amis adoptent des comportements étranges, on ne sait plus si on est aimé pour soi ou pour son argent. » Mais Albert refusa de rencontrer le psychologue. Il rentra à Rouen et invita Jean-Noël à dîner. À la fin du repas, il lui tendit une enveloppe qui contenait un chèque de 1 million d'euros.

Albert décida de s'installer dans le Sud, pour y jouir de la douceur du climat. Lui qui n'avait jamais connu que les vagues boueuses de la Manche découvrit le bleu étincelant de la Méditerranée. Il acheta un appartement à Nice dans une résidence où ne vivaient que des retraités. Le matin, il prenait le café sur sa terrasse ensoleillée puis il marchait sur la plage, en tenant ses chaussures à la main. Il déjeunait tous les jours dans le même restaurant, où il appréciait que la patronne n'ait pas pris cette mauvaise habitude qu'ont les Méridionaux de parler pour ne rien dire. Elle était froide et cela lui convenait parfaitement. Le soir, il dînait d'une salade de tomates au gruyère ou de tartines de pâté. Les années passèrent et, malgré la chaleur et les bains de mer, les plaques d'eczéma réapparurent. Albert s'ennuyait. Il se sentait si seul qu'il lui arrivait de s'adresser à la présentatrice du journal télévisé ou à la Miss Météo. Avec tout son argent, il aurait pu s'offrir des voyages, des croisières pour célibataires ou un abonnement dans un club très fermé, où les banquiers et les producteurs de cinéma font du sport le week-end. Un soir, alors qu'il rentrait d'une promenade, il vit une affiche publicitaire à un arrêt de bus. Elle proposait aux âmes esseulées de rencontrer quelqu'un et garantissait discrétion et confidentialité. De retour chez lui, Albert téléphona au numéro qu'il avait noté sur son carnet. La femme qui lui répondit lui proposa de venir, dès le lendemain, pour consulter le catalogue.

Elle lui tendit un gros livre en cuir avec des pages plastifiées. Sur chacune, il y avait la photographie d'une jeune femme. Elles étaient pour la plupart souriantes, très maquillées, le visage tendu vers l'objectif, la bouche en cœur comme si elles s'apprêtaient à vous embrasser. Ces femmes ne lui plaisaient pas. Elles lui rappelaient les affreuses images de ce film aperçu à l'adolescence. Il tournait les pages, soudain accablé par la mélancolie, et il était prêt à renoncer quand il aperçut la photographie d'une toute jeune femme. Ses cheveux étaient d'un blond terne et elle avait sur les joues des taches de rousseur qu'on aurait dit dessinées au pinceau. Elle paraissait chétive sur cette image et, bien sûr, le souvenir de Laurence lui revint et celui d'un monde de porcelaine où le moindre geste est guidé par le souci de ne pas perturber l'amour. Il pointa son doigt sur la photographie. « Je pourrais la rencontrer ? » La patronne de l'agence acquiesça. Elle dit qu'elle pouvait arranger ça. Elle répétait sans cesse le mot « arranger ».

Le samedi suivant, Albert retrouva la jeune femme dans le restaurant d'un grand hôtel. Quand elle entra dans la salle, il se leva et il resta debout jusqu'à ce qu'elle s'assoie et qu'elle étale, sur ses genoux, la grande serviette blanche. Elle s'appelait Valentine mais se faisait appeler Crystal dans la boîte de nuit où elle travaillait comme danseuse. Ce n'était pas la carrière dont elle avait rêvé mais elle avait un fils, quelque part, pas de diplômes, et il fallait bien vivre. Il lui demanda : « Ça vous arrive souvent ? » Et elle tourna vers lui ses grands yeux verts, comme si elle ne comprenait pas la question. « De rencontrer des hommes ? Ça vous arrive souvent ? » Elle dit que c'était la première fois et Albert choisit de la croire. Valentine lui plaisait. En la regardant manger ses toutes petites bouchées de sardines marinées, il pensa que tout prenait enfin sens. Sa fortune, ce bel appartement du bord de mer, cette terrasse ensoleillée. Il ne lui demanderait rien, il n'exigerait pas qu'elle se mette nue ou qu'elle lui fasse la conversation. Il voudrait simplement qu'elle soit là, quelque part dans la maison, comme une présence rassurante.

Valentine accepta et elle s'installa avec Albert. Ce qu'elle possédait tenait dans le premier tiroir de la commode. Dehors, elle portait toujours un grand chapeau de paille et des lunettes car sa peau ne supportait pas le soleil. Elle s'habillait avec des tuniques larges à manches longues et des pantalons en soie, qui traînaient par terre. Ensemble, ils firent des voyages, en Italie et aux Baléares. Ils aimaient boire des cocktails très sucrés et jouer au backgammon. Elle apprit à faire la cuisine, il se mit au sport.

Un soir, sous la pâle lueur de la lune, Albert demanda la jeune femme en mariage. Il lui dit qu'il l'aimait et qu'il voulait la mettre à l'abri pour le restant de ses jours. Qu'elle pourrait faire venir son fils et qu'ils formeraient une famille heureuse, sous le soleil de Nice. Valentine tendit ses mains vers lui. De grosses larmes coulaient sur ses joues et faisaient briller ses taches de rousseur. « Ce serait merveilleux », dit-elle. Dans les jours qui suivirent, ils s'occupèrent avec enthousiasme des préparatifs. Valentine appela l'internat où se trouvait son fils pour annoncer qu'il ne finirait pas le trimestre. Ils consultèrent des catalogues d'agences de voyage et ils hésitaient, pour leur lune de miel, entre Bali et Zanzibar. Albert accompagna sa fiancée dans une boutique de la rue Gioffredo pour y choisir une tenue. Elle essaya des robes à traînes, des fourreaux recouverts de tulle, un tailleur crème. Elle se tenait debout, sur une petite estrade, tandis que la vendeuse, à genoux, revoyait un ourlet. Albert, en la regardant, pensa à toutes les robes de mariée qu'il avait nettoyées à l'époque où il travaillait au pressing. Il se souvint des traînes maculées de boue, des jupons desquels il fallait faire disparaître des traces de vin ou de gras. Il s'appliquait alors tout en sachant que ces robes ne seraient plus jamais portées et qu'elles dormiraient pour l'éternité dans l'ombre d'une housse. Il leva les yeux vers Valentine dont le visage s'était voilé de mélancolie. Albert lui demanda ce qui la chagrinait. « Comme je regrette que ma mère ne soit pas là pour partager ce bonheur », dit-elle. Elle tira alors de son portefeuille une photographie qu'elle tendit à Albert. Il reconnut la robe beige à petites fleurs bleues. Le col en dentelle et les deux pieds nus, dont les orteils étaient gonflés. « Ma mère aimait les jolies choses. C'était une femme si délicate. »

Franck THILLIEZ

Un train d'avance

Auteur incontournable de la scène du thriller français, Franck Thilliez est également scénariste. Il a été couronné du Prix SNCF du Polar français pour *La Chambre des morts*, également adapté au cinéma. Il a publié une vingtaine de romans dont le dernier, *Il était deux fois*, a paru chez Fleuve Éditions.

C'est leur tout premier week-end en amoureux. Un aller-retour Paris-Dieppe, un petit hôtel bon marché au bord des falaises, sur les hauteurs de la ville. Après plus d'un mois de négociations âpres, Hannah a obtenu l'autorisation de ses parents et reçu quantité de consignes à appliquer sous peine de sanctions. À savoir, appeler à son arrivée, ne pas se coucher (trop) tard, ne pas faire de bêtises. Tu parles, avec ses dix-huit ans et ses grandes envies de liberté...

Installés sur les derniers sièges de l'avant-avant-dernier wagon, aux places 11 et 12, les deux tourtereaux, épaule contre épaule, se prennent en photo avec un Polaroid douze poses. Eux en gros plan, lèvres contre lèvres. Lui qui l'embrasse sur la joue ou qui caresse ses belles boucles blondes. Elle qui immortalise un moment sur ses genoux à lui, grand sourire affiché. Ils sont euphoriques et fiers de montrer à quel point ils s'aiment. Ils feront des jaloux quand ils partageront les photos, tant mieux. Hannah et Natan ont l'avenir devant eux, et chacun répète à l'autre que c'est le plus beau jour de sa vie. Ils le croient vraiment. À cet âge-là, quand on s'aime, c'est pour de vrai.

Aujourd'hui, de surcroît, c'est l'anniversaire de Natan. Son vingtième. Pour la première fois, ils vont dormir ensemble une nuit complète. Natan angoisse un peu à cette idée. Il se demande s'il sera à la hauteur, avec son mètre quatre-vingt-cinq de timidité, et se pose un tas de questions sur le déroulé des événements, avant et après. À ses côtés, Hannah est folle de joie.

— Tu vas nous chercher un truc à boire ? Histoire de commencer à trinquer à ton anniversaire, en attendant ce soir.

— Je crois qu'il y a un vendeur en tête de train.

Natan remonte l'allée du TER. En ce mois de décembre 1991, les wagons sont bondés. Des voyageurs jouent aux cartes. Des valises multicolores encombrent le passage, les gens circulent, parlent de choses et d'autres, même quand ils ne se connaissent pas, il règne un brouhaha plaisant qui sent les fêtes de fin d'année. Le soleil d'hiver brille à travers les grandes vitres, mais il ne faut pas s'y fier : il fait un froid de canard dehors comme dedans, à cause d'une panne générale de chauffage. Le jeune homme a conservé son bonnet et son écharpe, comme presque tous les passagers.

Tout en avançant, Natan se laisse bercer par le roulis. Il a toujours aimé les trains, sans doute parce qu'il est né dans l'un d'eux, il y a pile vingt ans. C'est dans un train de la ligne Paris-Dieppe, exactement comme celui-ci, qu'il a vu le jour. Sa mère allait rejoindre son père, alors en déplacement sur la côte normande. Elle avait soudainement perdu les eaux. Le reste était plus flou. Sa mère était confuse lorsqu'elle racontait l'épisode – ou alors, était-ce lui qui ne se souvenait plus très bien ? –, mais il semblerait qu'un grand jeune homme arrivé dans le wagon avait cherché à l'agresser en proférant des propos incohérents. Heureusement, un docteur se trouvait là et avait pu l'aider à accoucher, alors que le train arrivait en gare de Dieppe. Quelques minutes plus tard, Natan était né, et les voyageurs avaient applaudi.

Sa mère, Victorine, lui manque tellement. Il avait à peine huit ans quand un accident de la route l'a emportée. Un chauffard à contresens sur une autoroute, deux destins qui se précipitent l'un contre l'autre. La mort...

Natan poursuit sa recherche du vendeur ambulant. Les secousses entre les wagons 3 et 4 sont si fortes qu'il se retrouve plaqué contre la porte des toilettes. Le voilà brusquement plongé dans le noir. Le bruit est infernal, et il y a comme une grande bouche d'ogre qui l'aspire. L'air se fait encore plus glacé, comme si le train s'engouffrait dans un tunnel. Il faut juste quelques secondes avant que le jour revienne, que les grandes plaines déroulent leurs vallons blanchis par la neige et que tout rentre dans l'ordre.

Un peu déboussolé, Natan déverrouille la porte devant lui et passe dans la quatrième voiture. Bouffée de chaleur : le chauffage ici tourne à fond. Il ôte son bonnet, ouvre son blouson. Le compartiment est beaucoup moins bruyant que le précédent. Quelques personnes parlent encore, çà et là. Une femme remplit des cases de mots croisés, un homme écoute de la musique dans un modèle de walkman que Natan n'a jamais vu, tant il est compact – pas plus grand qu'un briquet. Il s'attarde sur un garçon qui joue à un jeu électronique en s'acharnant sur les boutons et une manette en forme de croix. On peut y lire : *Game Boy Advance*. Le jeu a l'air d'une fluidité et d'une définition incroyables. Il ignorait que ce genre de console portative avec un écran couleur existait. Une nouveauté pour Noël ?

— Natan ?

Il se retourne. Une femme qui doit approcher la trentaine le fixe avec de grands yeux bleus. Une longue chevelure blonde encadre un visage fin et allongé. Natan incline la tête, il ne comprend pas ce qui se passe. Son cerveau lui dicte que l'inconnue assise à la place 11 est Hannah, mais il réalise que c'est tout bonnement impossible. Ce n'est pas elle.

— On se connaît ? demande-t-il bêtement.

Elle lui sourit, enlève son écharpe du siège 12.

— Non... Mais la place est libre, si vous voulez. Mon amoureux est parti chercher des boissons et, visiblement, il n'a pas l'intention de revenir.

Natan reste figé d'effroi. Il ne comprend rien. Elle éclate de rire. Ces intonations... Ce sourire... Avec un clin d'œil, elle tapote du plat de la main le skaï craquelé du fauteuil.

— Quoi ? T'as plus envie de rejouer les premières fois ? Toi, moi, encore inconnus... Une rencontre dans le train... Ça aurait pu être ça, le début de notre histoire, après tout, c'est plus romantique que l'arrière-cour d'un bar enfumé.

Comment elle sait ? Natan n'en revient pas : c'est vraiment lors d'une soirée festive qu'ils se sont connus, avec Hannah. Du doigt, elle désigne ses mains vides.

— Et les boissons ? Tiens, j'ai peut-être trouvé un lit pour notre petite. C'est un modèle en pin qui nous plaira à tous les deux.

Elle se replonge dans la lecture de son magazine. Des pages avec des bébés. Des landaus, des tenues pour les nouveau-nés. Natan baisse les yeux vers le ventre. Arrondi. « Notre petite. » C'est un cauchemar. Ça ne peut pas être son Hannah. Il y a un moyen simple de vérifier : sa copine a une tache de naissance en forme de papillon dans le cou, côté gauche. Il se penche vers la femme et rabat le col de son pull en laine. La tache est là.

C'est elle. C'est bien elle.

Natan se met à trembler, il fixe son reflet dans la vitre : il n'a pas changé. Ses propres mains sont toujours les mêmes, aussi fines et jeunes. Il reste là, debout. Le train continue à fendre la campagne. Les grandes plaines, la neige, tout est identique. Tout, sauf Hannah. Une Hannah enceinte. Une jeune femme qui, au lieu de prendre des photos, feuillette des magazines de puériculture !

Elle constate son désarroi.

— Qu'est-ce qu'il y a ?

— Je... Je vais chercher les boissons.

Marche arrière. Tout ça n'est pas possible. Le sas... le wagon numéro 3, le chauffage en panne. Les valises dans l'allée, les mêmes voyageurs, les types qui jouent aux cartes... Tout est normal. Hannah, son Hannah de dix-huit ans est bien là, à sa place, elle s'est endormie, son écharpe roulée en boule en guise d'oreiller.

Natan s'effondre dans le fauteuil, une main au front. « C'était quoi, ce délire ? » Il a envie de réveiller sa copine pour lui expliquer. L'emmener dans l'autre compartiment. « Deux Hannah, face à face. » Il se penche dans l'allée et ne peut s'empêcher de fixer la porte du fond pendant de longues minutes. Il ne peut pas avoir rêvé, tout cela était bien réel. Dans le wagon juste après le leur, il y a une autre Hannah d'une dizaine d'années plus âgée. Là, en ce moment même. « Et les boissons ? », elle lui a demandé. Exactement comme ici.

Il faut qu'il sache, qu'il comprenne. Il repart dans le numéro 4. S'assied à la place 12. Elle lui montre une page de son magazine : une chaise haute, à présent.

— Celle-là, qu'est-ce que t'en penses ?

Natan est bien obligé de constater que cette Hannah est canon. Le genre de fille sur laquelle il se serait volontiers retourné avec ses copains.

— T'as quel âge ? lui demande-t-il tout de go.
— Tu te moques de moi ?
— Dis-moi ton âge !

Elle le regarde avec étonnement.

— Tu sais bien que j'ai vingt-huit ans. Qu'est-ce qui se passe ? T'es bizarre.

Vingt-huit ans. Natan a des sueurs froides. Une idée le traverse, quelque chose d'impossible qui n'existe que dans les livres de science-fiction. Mais qui lui arrive, à lui.

— Et moi... Dis-moi à quoi je ressemble, tel que tu me vois, toi.

Elle lui attrape délicatement le menton. Ce sourire...

— Toi, t'es comme ce train, tu files droit devant vers la trentaine que tu auras (elle regarde sa montre) d'ici une heure, environ ! Je sais que ça te fait peur, que c'est la jeunesse qui se termine, mais... je sais que tu es prêt à passer à autre chose...

Elle lui prend la main et la pose sur le ventre arrondi. Natan se laisse faire, mais il est à deux doigts de tomber dans les pommes. Il est effrayé par ce qu'il entend, ce qu'il découvre. Trente ans ? Futur père ? Comment c'est possible ? Est-ce son reflet dans la vitre qui lui ment ? Non, il en est sûr, il n'a pas changé physiquement, n'a pas vieilli. C'est elle qui le voit tel qu'il sera, peut-être, dans quelques années.

Il doit s'y résoudre : il évolue dans son propre futur, là, en ce moment. Toujours dans un train au départ de Paris et à destination de Dieppe. Il s'empare du magazine, cherche la date sur la couverture : collection hiver 2001. C'est bien ça : une décennie le sépare du wagon précédent. Pas dix mètres, non, dix ans ! Qu'est-ce que ça signifie ? Qu'il sera père, lui, à juste trente ans ? Est-ce qu'avec Hannah, ils vivent ensemble ? Où ? A-t-il réussi ses études et est-il avocat ? Et elle ?

Et puis, bon sang, comment tout cela fonctionne-t-il ?

Elle l'embrasse dans l'oreille et entoure le prix de la chaise sur le papier glacé. Des euros, qu'est-ce que c'est ? Natan ne sait pas quoi faire, il est tenté de poser un tas de questions, mais que se passera-t-il ensuite, lorsqu'il retournera avec l'autre Hannah ? Comment pourrait-il continuer à vivre normalement en connaissant une partie de son futur ? Vaut-il mieux savoir ou ignorer ?

Elle tourne la tête vers lui.

— J'ai toujours aussi soif, tu sais ? Et ne te trompe pas de côté, cette fois. Les boissons, c'est par là.

Elle pointe l'avant du wagon. Natan se relève, il a besoin de réfléchir, de toute façon, et il lui faut effectivement les boissons. Il la regarde encore une fois, elle qu'il ne connaît que depuis cinq mois mais qui, semble-t-il, est la femme de sa vie. Ça tombe bien, parce qu'il l'aime de tout son cœur. Même si, pour le bébé, il n'est vraiment pas certain.

Il passe devant chaque rangée de sièges, observe les visages, ces trajectoires de vie si différentes qui, pourtant, en ce moment même, se croisent toutes dans ce wagon. Tous viennent de *quelque part*, mais vont à Dieppe. C'est la magie des trains : rassembler des personnes qui n'auraient jamais dû se retrouver ensemble. Il pousse à peine la porte qui ouvre sur le wagon numéro 5 qu'une fillette blonde se retrouve face à lui, debout, les poings regroupés dans son giron. Natan a l'impression qu'une flèche lui transperce le cœur, il prie de toutes ses forces pour que ce ne soit pas *ça*.

— Recule-toi papa, je dois faire pipi.

Papa. Le mot est lâché. Il s'écarte, puis suit la gamine qui se dirige vers le sas. Au bord de la syncope, Natan a l'impression de voir un *mini-lui*, en version féminine.

— Maxime arrête pas de prendre mes cartes, il les abîme et il les jette par terre. Tu vas le gronder ?

Maxime... Un deuxième marmot, un double cauchemar. La petite ouvre la porte des toilettes sans refermer, baisse sa jupe. Natan détourne la tête, gêné, et tire la poignée. Par la minuscule fenêtre ronde du sas, il aperçoit la Hannah de trente ans et de 2001 dans le wagon numéro 4. Et lui, il est là, dans une espèce *d'entre-deux-mondes*, à quelques mètres, tout près de l'enfant qu'elle a encore dans le ventre ! Il s'appuie contre la paroi, essaie de comprendre l'impossible. La petite lui a dit « papa », sans être surprise par son physique. Ça veut dire qu'il a l'apparence d'un père, d'un homme, s'il a bien saisi la mécanique, de quarante ans. Ça veut aussi dire que, dans le wagon suivant, on est en... 2011 !

Il réfléchit, imagine un train composé de wagons venant d'époques différentes. Et lui, il peut vraisemblablement sauter de l'une à l'autre. Vertigineux. Incompréhensible. Immédiatement, des incohérences lui viennent à l'esprit. Que se passerait-il si, par exemple, une autre personne arrivait en ce moment du wagon numéro 3 et allait dans le 4 ? Ferait-elle aussi un saut dans le temps ? Et s'il ramenait la petite de l'autre côté ? Et si le train s'arrêtait, là, maintenant, et que tout le monde en sortait ?

Son cerveau est en surchauffe. Il a envie de déguerpir jusqu'à son wagon d'origine, d'attendre à côté de la Hannah de dix-huit ans que le train atteigne sa destination et de fuir avec elle sur le quai en courant. Essayer d'oublier ce délire. Mais il reste là, parce que son désir de savoir est plus fort que lui. Les paroles de la gamine lui reviennent de plein fouet.

— C'est ton frère, Maxime ? demande-t-il à travers la porte.

— Ben ouais. Je veux que tu le grondes. Il embête tout le monde.

— On joue à un jeu ? Je pose des questions, et tu réponds le plus vite possible, d'accord ?

— D'accord.

— On est bien en 2011 ?
— Oui. Je suis en CM2 et...
— Comment tu t'appelles ?
— Victorine.

Natan sent ses yeux s'humidifier. Elle porte le prénom de sa mère.

— Il a quel âge, ton frère ?
— Quatre ans.
— Pourquoi on va à Dieppe ?
— C'est important pour toi et maman. Vous êtes venus tous les deux, il y a longtemps, pour ton anniversaire. Vous étiez tout jeunes et amoureux, a dit maman.

Natan a tout à coup l'image d'un serpent qui se mord la queue. La petite lui parle d'un moment loin dans le passé, mais seulement en train de se produire, en réalité. La porte s'ouvre, elle retourne dans l'allée. Natan la suit. Presque plus de bruit. Quelques personnes ont le nez rivé sur des écrans de toutes tailles, ils regardent des vidéos, exécutent des mouvements sur les écrans, tapent sur des claviers sans touches. Ils font tous ça, même un couple d'amoureux qui, on dirait, se prend en photo avec un de ces engins comme eux le faisaient il y a dix minutes avec leur Polaroid !

Le jeune homme est fébrile. La gamine s'assied soudain. La place pour deux des wagons précédents a été troquée contre un carré de quatre : l'espace familial. Entre les fauteuils en vis-à-vis, la table est encombrée de jeux, de ces appareils bizarres tout plats et d'emballages de nourriture. Le gamin – le fameux Maxime – pousse de petits cris énervants qu'essaie de contenir... Hannah. Est-ce bien elle ?

Natan est sous le choc. Elle pourrait être sa mère. Elle porte de grandes lunettes à monture carrée, ses cheveux sont très courts, et couleur acajou. Les yeux sont restés deux grands puits de lumière, mais le visage est plus fatigué. Natan déteste ses petites rides sous les lèvres, les vêtements qu'elle porte, colorés et semblant directement importés du Pérou.

Elle lui adresse un regard lourd de reproches.

— Maxime est infect. Fais quelque chose, ou je vais péter un câble.

Elle est tendue et en colère. Natan observe le petit Maxime qui dessine avec des feutres, la moitié sur des feuilles, l'autre sur la table. Le jeune homme lève la tête vers le compartiment bagages encombré, heurte le bout de la poussette repliée sous les sièges. L'impression qu'un régiment entier déménage. Il ne sait pas quoi faire, il ne sait même pas à quoi il ressemble !

— Je... n'ai pas trouvé le chariot avec les boissons. J'y retourne. Peut-être qu'un Canada Dry lui fera du bien, à... Maxime.

— Un « Canada Dry » ? Qu'est-ce qui te prend ?

Elle lui parle froidement. Où est la jeune fille qui, il y a encore quelques minutes, se serrait amoureusement contre lui ? Il constate que sa place n'est même plus face à Hannah, mais en diagonale. Il réfléchit, regarde derrière, puis devant lui. Retourner dans le présent – son présent – ou continuer vers l'avenir, juste pour jeter un œil... C'est une chance incroyable, mais aussi un enfer : il va ramener toutes ces images, ces souvenirs. Garder à jamais les tableaux d'une vie qu'il n'a pas encore vécue.

Il choisit d'avancer, bien qu'effrayé par ce qu'il vient de voir. Vingt ans avec Hannah... Les gamins qui braillent... Ça ne leur ressemble tellement pas ! Comment ont-ils fait pour finir dans un schéma si classique ? Ne manque plus que le chien, tiens. Mais peut-être qu'il est à la maison ? Ou peut-être qu'il n'y a plus de chiens, dans ce monde-là ?

Natan disparaît dans le sas. Jette un œil à sa montre. La trotteuse de son aiguille continue à tourner à son rythme. Ils sont bientôt arrivés à destination. Et lui, qui entre dans sa cinquantième année, dans le wagon numéro 6. En principe, on est en 2021.

Il marche au ralenti, roulant des yeux. À quoi va ressembler Hannah, cette fois ? Ses enfants seront-ils toujours là, aussi âgés qu'il l'était dans le wagon du départ ? Plus il progresse, plus il angoisse. Il n'y a presque plus de neige, dehors. Il observe à droite, à gauche. Plus personne ne parle, même les enfants ont des casques et regardent des écrans. Les dos sont courbés, les visages fixes, les gens semblent vivre dans des bulles, la tête baissée sur leurs fameux appareils, plus nombreux, plus perfectionnés encore. Et ce silence ! Les bagages sont cubiques, rigides et bien rangés. Heureusement, le train, lui, est toujours aussi vieillot.

Natan arrive au bout du compartiment sans qu'on l'ait interpellé, sans qu'il ait vu Hannah ni les enfants. Il reste là, une vingtaine de secondes, cou tendu. Sa gorge est serrée, sa salive lui manque, il a vraiment soif. Non, Hannah n'est pas là. Qu'est-ce que ça veut dire ? Qu'ils n'ont pas pris le train ? Qu'elle est peut-être...

Il n'ose formuler la suite de sa phrase et change encore de wagon. 2031. Un nouveau bond dans le temps. Un homme parle tout bas à son poignet. Une femme, portant des lunettes opaques, agite les lèvres sans émettre de son. Elle semble discuter, elle aussi, mais avec qui ? Pourquoi la plupart des passagers possèdent-ils des lunettes similaires ? Dans le wagon précédent, ils ne se parlaient plus, maintenant, ils ne se voient plus ! Et où sont les gros blousons, les bonnets, les écharpes ? Dehors, dans la plaine, l'herbe est anormalement verte, et haute. On est pourtant en plein hiver !

— Hannah ? Hannah ?

Il dévisage les passagers comme eux le dévisagent, comme si parler était une aberration. Un bébé pleure, un homme tousse, une gamine qui a l'air triste dessine des arbres sur la vitre. Où est Hannah ?

La porte du fond, déjà. Le train est encore long. Natan se dit qu'il y a forcément la mort, là-bas, tout au bout. Le moment où il sera confronté au néant. Qu'est-ce qui se passera, alors ? Il refuse d'avancer, de savoir. Il fait demi-tour, décidé à marcher dans l'autre sens. Il veut repartir, descendre de ce fichu train, quitte à tirer le signal d'alarme. Il aperçoit alors une femme d'une soixantaine d'années qui lui adresse un petit geste. Elle a l'air grave et tapote à ses côtés pour qu'il s'assoie. Rangée pour deux. Sur la tablette, un écran avec un article de journal dessus. La date : 2031. Elle pousse un soupir.

— Ça se reproduit de plus en plus souvent, j'ai l'impression...

Natan se laisse choir dans le fauteuil. Il ne la connaît pas, ne l'a jamais vue.

— Quoi...

Ce n'est pas une question. Il répond ça parce qu'il est confus, et que réfléchir à ce qui se passe est de plus en plus compliqué. Il est dans le wagon numéro 7. À quarante ans de la Hannah endormie contre son écharpe roulée en boule.

— Tu n'as pas remarqué que t'as oublié quelque chose ?

— Les boissons... répond-il mécaniquement.

— Oui, les boissons. Et j'ai bien vu que tu ne retrouvais pas ta place... Qu'est-ce que tu marmonnais ? Tu ne portes pas ton oreillette, pourtant, et tu désactives toujours ta puce dans les trains.

— Où est Hannah ?

Le vieux visage s'obscurcit. Elle lui prend la main. Elles sont sèches, fripées, et constellées de petites taches brunes.

— Il va falloir aller consulter, Natan. On ne peut plus attendre.

Le jeune homme sent les larmes monter. Il déteste ce monde, cette femme, sa vieillesse, il déteste le regard qu'elle lui adresse, ce même air de pitié qu'on aurait face à un animal enfermé dans une cage.

— Où est Hannah ? répète-t-il.

— Mon Dieu, Natan, ça fait quinze ans que vous avez divorcés !

Quinze ans. À un wagon et demi d'ici. Natan se relève, sous le choc – un de plus. Il se retourne, s'éloigne et revient.

— On est ensemble depuis...

— ... Onze ans.

— Pourquoi allons-nous à Dieppe ? C'était ma destination, avec Hannah. C'est là-bas qu'on a passé notre première nuit ensemble, on s'aime... On s'aimait. C'est là-bas qu'on retournait avec les enfants. Alors, qu'est-ce que toi et moi, on fait dans ce fichu train ?

— Mais... C'est là que tu es né, Natan. Depuis l'âge de tes vingt ans, tu fais ce trajet tous les dix ans pour ton anniversaire. Encore une fois, je n'étais pas enthousiaste à l'idée d'y aller avec toi, mais... tu as insisté.

D'un coup, le noir. Un nouveau tunnel. Natan en profite pour disparaître. À tâtons, il traverse la voiture de ce train maudit en direction de l'arrière. Quand la lumière revient, il sort du sas, arrive dans le compartiment précédent, le 6. Il reconnaît celle qui vient de lui parler, en plus jeune, elle a des écouteurs dans les oreilles (des écouteurs qui ne sont reliés à rien du tout), les yeux fermés, enfoncée dans son siège. Il ne veut pas savoir qui elle est, ni connaître son nom, elle doit rester une inconnue, une particule sur l'espace-temps qu'il espère ne jamais croiser à l'avenir, ou dans le passé, il ne sait plus. « Il va falloir aller consulter, Natan. On ne peut plus attendre. » Qu'est-ce que ça veut dire ? Qu'il tombera malade ? Qu'il aura de graves problèmes de mémoire ? Il s'arrête, hésite. Il pourrait encore parcourir un wagon, juste pour voir. Savoir. *Ou ne pas savoir.* Non, fini. Il poursuit sa remontée dans le temps.

Numéro 5. Ils sont toujours là, Hannah, les marmots, ces petits morceaux de lui du futur. Il croise le regard de Victorine, serre les poings et ne se retourne même pas pour voir la Hannah de trente-huit ans. Il entend son nom, elle l'appelle, mais il continue. Le sas, wagon 4, Hannah, elle le fixe avec insistance, se demande sans doute pourquoi il n'a toujours pas les boissons – ces fichues boissons. Il ne peut s'empêcher de s'arrêter à son niveau, baisser les yeux vers le ventre rond.

— Comment on a décidé de l'appeler ? demande-t-il.

— Décidément, t'es bizarre, aujourd'hui. T'as un souci de mémoire ? Juliette, allons.

— Et pourquoi pas Victorine ?

— Le prénom de ta mère ?

Il acquiesce. Elle hausse les épaules et change de magazine, comme si elle n'avait plus envie de parler de ça. Natan en profite pour se défiler. Il se retourne pour s'assurer qu'elle n'est pas derrière, ni elle, ni toutes les autres, comme de petites poupées gigognes échappées d'une même matriarche. Il revient dans son wagon d'origine. Le bruit, les rires, les gens qui parlent ! Ce que ça fait du bien ! Hannah dort toujours aussi profondément, la respiration lourde et régulière. Il vient de traverser quarante ans de sa vie, et elle, elle dort !

Il est à deux doigts de s'asseoir, de la réveiller, de la serrer contre lui, mais quelque chose l'en empêche : c'est ce numéro de wagon, affiché juste devant lui. Le numéro 3. Ça veut dire qu'il y en a encore deux autres. Et si…

Il veut tenter le coup. Il pousse la porte, traverse le sas et arrive dans la voiture numéro 2. Son cœur se serre. Aucun doute, on est bien au début des années 1980. Il suffit de voir le joyeux bordel dans la voiture, les coupes, les looks, les vestes couvertes de badges et de pin's, la fumée des gitanes. Wagon fumeurs. Et puis, ce type, juste là, qui s'acharne sur un Rubik's Cube. Dehors, la neige recouvre généreusement les toits des maisons. Ils arrivent bientôt à Dieppe.

Natan remonte les années avec une idée bien précise, incroyable, en tête. Dans ce wagon, il va avoir dix ans. Sa mère n'est déjà plus de ce monde, emportée par un chauffard deux ans plus tôt. Mais dans l'autre wagon, le numéro 1...

Il y va, se dit que ce train qui trace sa route, est à l'image de sa vie qui défile, du premier au dernier jour. Quelque part, à l'autre bout de cette machine infernale, loin dans le futur, il est déjà mort. Il n'a pas vu grand-chose, mais le peu des images qu'il a rapportées l'effraie. Sur les comportements des gens, sa propre vie. Il sait que ça va le hanter longtemps, qu'il n'oubliera jamais les visages de Maxime et de la petite Victorine.

Il s'arrête au bout de l'allée. Quand il la voit, l'émotion est trop forte, et, cette fois, il ne peut s'empêcher de pleurer. Sa mère est là, les mains sur son ventre arrondi, le visage tordu de douleur. Elle est toute jeune. Elle relève ses yeux embués vers ce grand échalas qui se tient juste à sa gauche. Est-ce qu'elle le voit telle qu'il est, du haut de son mètre quatre-vingt-cinq ? Natan sait qu'elle ne peut pas le reconnaître, puisqu'il n'est pas encore né. Il n'est qu'un paradoxe temporel, une scorie de l'espace-temps. Mais il est là, bien réel, face à elle.

— Excuse-moi, jeune homme, fait-elle. Mais je ne me sens pas très bien. Le bébé... Je crois que... Il faudrait un médecin. Tu peux essayer de trouver ça pour moi ? Fais vite... S'il te plaît.

Natan a l'impression de sombrer dans un gouffre. L'histoire se répète. Il y a longtemps, sa mère lui a parlé d'un jeune homme, présent à ses côtés au moment de ses premières contractions. Ce jeune homme, c'était lui ! C'est lui ! « Non, non... » Natan ne peut pas tourner en rond sur l'anneau du temps, revivre indéfiniment le même scénario. Il hésite, puis s'installe vite près d'elle. Il se serre contre elle, elle le repousse.

— Qu'est-ce que tu fais ? Un médecin ! S'il vous plaît !

Les voyageurs se retournent. Natan lui attrape la main.

— Il faut que tu m'écoutes très attentivement, maman. Ça va se passer le 8 mars 1980. Tu ne devras pas prendre l'autoroute vers Versailles. Il y aura un homme à contresens et vous allez vous percuter.

Elle continue à se débattre et crie qu'on l'agresse. Un homme au visage sévère saisit Natan par le bras et l'entraîne vers l'arrière.

— Recule, bon sang ! Tu ne vois pas qu'elle est en train de perdre les eaux ?

D'autres passagers s'en mêlent. Natan est écarté de sa mère qui se met à hurler. Par chance, un médecin arrive, l'allonge et demande à ce qu'on aille chercher sa valise, là-bas, au bout du wagon.

— Appelez un agent, et empêchez ce jeune homme d'approcher ! Visiblement, il n'est pas dans un état normal.

Le train se met à ralentir et osciller. Changement de voie. D'ici à cinq minutes, ils seront en gare de Dieppe. Un individu bien décidé à en découdre s'avance d'un pas de soldat vers Natan, qui court vers le sas. L'autre le poursuit. Le jeune homme déverrouille les portes et s'élance dans le wagon numéro 2. Lorsqu'il se retourne, il n'y a plus personne à ses trousses. Il continue son chemin, il doit vite rejoindre sa place d'origine. Il n'a certainement pas envie de rester bloqué dans ce wagon-là, à dix ans de sa vie actuelle.

Hannah se réveille, s'étire.
— On est déjà arrivés ? Je n'ai pas vu le temps passer.

Natan n'a plus de mots, il est blanc comme la mort. Les gens se lèvent et embarquent leurs bagages. Joyeux bordel, cacophonie.

— Ma mère... elle est morte ? demande-t-il.

Hannah le regarde étrangement.

— Ça ne va pas ?

— Réponds juste à la question.

— Bien sûr qu'elle est morte. Ça fait longtemps...

Natan ne veut pas y croire. À peine sorti, il s'élance sur le quai, en direction de la queue de train. Sa mère n'est pas là. Aucune des personnes qu'il vient de croiser cinq minutes plus tôt n'est là. Il sort d'un train de 1991 avec des passagers de 1991. Chacun est à sa place, dans son époque.

À droite, dans le futur, d'autres personnes débarquent en ce moment même, à dix, vingt, trente, quarante ans d'écart. À gauche, dans le passé, il est en train de naître. Son père attend quelque part dans la gare, sa mère hurle et pleure de joie en même temps. Tout s'est un jour produit, tout va se produire sur ce quai.

Mais aujourd'hui, sa mère est morte. Il n'a pas réussi à la sauver. Le destin ne se laisse pas faire, mais ce n'est que partie remise.

Il réessaiera, autant de fois que nécessaire.

REMERCIEMENTS

Chers lecteurs,

Nous tenons à remercier les équipes d'Univers Poche et tous nos partenaires solidaires de la chaîne du livre et de sa promotion, ayant permis à cette belle opération de voir le jour :

Pour l'aide juridique :
Sogedif

Pour les textes :
Les 15 écrivains

Pour la couverture :
Riad Sattouf

Pour la photocomposition :
Apex Graphic
Nord Compo

Pour l'impression et le papier :
Stora Enso France

International Paper

Maury Imprimeur
CPI Brodard & Taupin

Pour la distribution et la diffusion :
Interforum

Pour la promotion :

Outils de communication : Nicolas Galy, Agence NOOOK / Les Hauts de Plafond

Radio : Europe 1 / RFM / RTL / OÜI FM / NOVA

Presse : *L'Express* / *L'Obs* / *Le Point* / *Télérama* / *20 Minutes* / *Femme actuelle* / *Marianne* / *Psychologies* / *ELLE* / *Le Figaro littéraire* / *Society* / *LiRE* / *Libération* / *Grazia* / *Livres Hebdo* / *Sciences et Vie* / *Point de Vue* / *Le Parisien Magazine* / *CNEWS Matin* / *L'Amour des livres* / *Nous Deux*

Affichage : Insert / Mediagares / Metrobus / Clearchannel

Ainsi que :
Agence DDB / Agence HAVAS / Agence JD² / Agence Little Sister / Agence Vanessa Lavergne / Piaude Design graphique

Et tous les libraires de France !

L'équipe éditoriale des éditions Pocket

Vous découvrirez ici la liste de l'intégralité de nos partenaires solidaires.

Composition et mise en pages
Nord Compo à Villeneuve-d'Ascq

Imprimé en France par

MAURY IMPRIMEUR
à Malesherbes (Loiret)
en octobre 2020

Visitez le plus grand musée de l'imprimerie d'Europe

POCKET - 92 avenue de France, 75013 PARIS

N° d'impression : 248816
Dépôt légal : octobre 2020
S30754/02